SVLTO

Die schönsten Erzählungen des *Grand Old Man* der lateinamerikanischen Literatur. Geschichten über abenteuerliche Gestalten und unerhörte Ereignisse, an deren Ende es dem Leser ergeht wie ihren Figuren – sie träumen ihr Leben als etwas schon Gelebtes und wachen verwandelt auf.

Jorge Luis Borges

Lotterie in Babylon

Die schönsten Erzählungen

Ausgewählt von Fritz Arnold

Verlag Klaus Wagenbach Berlin

Aus dem Spanischen von
Karl August Horst,
Gisbert Haefs,
Dieter E. Zimmer,
Wolfgang Luchting
und Curt Meyer-Clason
(siehe Anmerkungen)

Inhalt

Emma Zunz

Am 14. Januar 1922 fand Emma Zunz, als sie von der Textilfabrik Tarbuch & Loewenthal heimkam, am Ende des Flurs einen in Brasilien aufgegebenen Brief, aus dem sie erfuhr, daß ihr Vater gestorben war. Auf den ersten Blick ließ sie sich durch die Marke und den Umschlag täuschen; dann erschreckte sie die unbekannte Schrift. Neun oder zehn hingeworfene Zeilen mühten sich, das Blatt zu füllen; Emma las, Señor Maier habe versehentlich eine zu starke Dosis Veronal eingenommen und sei am Dritten des laufenden im Krankenhaus von Bagé verschieden. Unterzeichnet war diese Mitteilung von einem Pensionsgefährten ihres Vaters, einem gewissen Fein oder Fain aus Rio Grande, der nicht wissen konnte, daß er sich an die Tochter des Verstorbenen wandte.

Emma ließ das Blatt fallen. Das erste, was sie empfand, war eine Übelkeit im Leib und in den Knien; dann ein Gefühl von blinder Schuld, von Unwirklichkeit, von Kälte, von Furcht; dann wünschte sie, es wäre schon morgen. Im selben Augenblick begriff sie, daß dieser Wunsch nutzlos war, weil das einzige, was sich in der Welt ereignet hatte, der Tod ihres Vaters war, und daß er sich endlos weiter ereignen würde. Sie hob das Blatt auf und ging in ihr Zimmer. Verstohlen barg sie es in einer Schublade, als hätte sie bereits irgendwie Kenntnis von den künftigen Vorgängen. Sie hatte vielleicht schon angefangen, sie zu ahnen; sie war schon, die sie sein würde.

In der wachsenden Dunkelheit beweinte Emma bis zum Ende dieses Tages den Selbstmord Manuel Maiers, der in den alten glücklichen Tagen Emanuel Zunz gewesen war. Sie erinnerte sich an Sommeraufenthalte in einem kleinen Landhaus in der Nähe von Gualeguay, erinnerte sich an ihre Mutter (oder versuchte es), erinnerte sich an das Häuschen in Lanús, das versteigert worden war, erinnerte sich an die gelben Rhomben eines Fensters, erinnerte sich an den Haftbefehl und die Schande, erinnerte sich an die anonymen

Briefe mit dem Zeitungsausschnitt über »Unterschlagungen eines Kassierers«, erinnerte sich (aber das hatte sie nie vergessen), wie ihr Vater ihr in der letzten Nacht geschworen hatte, der Dieb sei Loewenthal. Loewenthal, Aaron Loewenthal, ursprünglich Geschäftsführer der Fabrik, und heute einer der Eigentümer. Emma hütete seit 1916 das Geheimnis. Keinem Menschen hatte sie es enthüllt, nicht einmal ihrer besten Freundin, Elsa Urstein. Vielleicht fürchtete sie die Entweihung durch Ungläubigkeit, vielleicht glaubte sie, das Geheimnis sei ein Band zwischen ihr und dem Abwesenden. Loewenthal wußte nicht, daß sie wußte; Emma Zunz bezog aus diesem geringfügigen Umstand ein Gefühl von Macht.

In dieser Nacht schlief sie nicht, und als das erste Licht das Rechteck des Fensters umriß, war ihr Plan schon perfekt. Sie sorgte dafür, daß dieser Tag, der ihr endlos vorkam, wie die anderen ablief. In der Fabrik gingen Streikgerüchte um; Emma sprach sich wie immer gegen jede Gewaltanwendung aus. Um sechs, nach Arbeitsschluß, ging sie mit Elsa in einen Frauenclub mit Turnhalle und Schwimmbecken. Sie schrieben sich ein; sie mußte ihren Vor- und Zunamen wiederholen und buchstabieren, sie mußte bei der Kontrolle die üblichen vulgären Späße über sich ergehen lassen. Mit Elsa und der jüngeren Kronfußtochter überlegte sie, in welches Kino sie am Sonntagabend gehen sollten. Dann sprachen sie über Freunde, und niemand erwartete, daß Emma ein Wort dazu sagte. Im April würde sie neunzehn Jahre alt, aber noch flößten ihr die Männer einen fast krankhaften Schauder ein ... Wieder zu Hause, kochte sie sich eine Tapiokasuppe und ein bißchen Gemüse, aß zeitig, legte sich hin und zwang sich zum Schlafen. So brachte sie mühsam und nichtssagend Freitag den 15. herum, den Vortag.

Die Ungeduld weckte sie am Samstag. Ungeduld, nicht Unruhe, dazu die seltsame Erleichterung, endlich diesen Tag erreicht zu haben. Jetzt gab es nichts mehr zu tüfteln und auszuhecken; in ein paar Stunden würde sie zur Schlichtheit der Tat finden. Sie las in der ›Prensa‹, daß die *Nordstjärnan* aus Malmö abends von Mole 3 ablegen würde;

sie rief Loewenthal an, teilte ihm mit, daß sie ihm, ohne daß die anderen etwas davon erfahren dürften, etwas über den Streik zu melden hätte, und versprach, bei Dunkelwerden im Büro vorzusprechen. Ihre Stimme bebte; das Beben paßte zu einer Denunziantin. Sonst geschah an diesem Morgen nichts Bemerkenswertes. Emma arbeitete bis zwölf und besprach mit Elsa und mit Perla Kronfuß Einzelheiten des Ausflugs am Sonntag. Sie legte sich nach dem Essen hin und rekapitulierte mit geschlossenen Augen den Plan, den sie ausgeheckt hatte. Sie meinte, der abschließende Teil würde weniger entsetzlich sein als der vorhergehende und sie bestimmt den Geschmack des Siegs und der Gerechtigkeit kosten lassen. Plötzlich aufgeschreckt, erhob sie sich und lief zur Kommodenschublade. Sie zog sie auf; unter dem Porträt von Milton Sills lag an der Stelle, wo sie ihn am vorletzten Abend gelassen hatte, der Brief von Fain. Niemand konnte ihn gesehen haben; sie las ihn noch einmal durch und zerriß ihn.

Die Vorfälle des Nachmittags einigermaßen wirklichkeitsgetreu zu schildern, wäre schwierig, vielleicht sogar unredlich. Ein Attribut des Höllischen ist die Unwirklichkeit, ein Attribut, das seine Schrecken abzumildern scheint, sie aber vielleicht verschlimmert. Wie soll man eine Tat glaubhaft machen, an die sogar jene, von der sie verübt wurde, sozusagen nicht glaubte; wie soll man dieses kurze Chaos wieder einfangen, das heute das Gedächtnis von Emma Zunz verwirft und verwirrt? Emma wohnte nach Almagro zu in der Calle Liniers; wir wissen, daß sie an diesem Nachmittag zum Hafen ging. Vielleicht sah sie sich auf dem infamen Paseo de Julio in Spiegeln vervielfältigt, von Lichtern zur Schau gestellt, entkleidet von hungrigen Augen; es ist aber vernünftiger anzunehmen, daß sie zunächst unbemerkt durch das gleichgültige Getriebe irrte ... Sie betrat zwei oder drei Bars, sah die Routine oder die Tricks anderer Frauen. Schließlich traf sie auf die Männer der *Nordstjärnan*. Bei einem, der noch ganz jung war, fürchtete sie, er könnte sie irgendwie zärtlich stimmen und entschied sich für einen, der etwas kleiner als sie und plump war, damit die Reinheit des Grauens nicht gemindert werde. Der Mann führte sie zu einer Tür und dann in einen schmierigen Flur und dann eine enge Wendeltreppe hinauf und dann in einen Vorraum (wo ein Fenster die gleichen Rhomben hatte wie das Haus in Lanús) und dann zu einem Korridor und dann zu einer Tür, die sich schloß. Die gewichtigen Ereignisse sind außerhalb der Zeit, vielleicht, weil bei ihnen die unmittelbare Vergangenheit von der Zukunft sozusagen abgehackt ist, vielleicht auch, weil die Teile, die sie bilden, nicht in einer Abfolge verbunden scheinen.

Hat wohl in dieser Zeit außerhalb der Zeit, in diesem wirren Durcheinander unzusammenhängender und gräßlicher Empfindungen Emma Zunz *ein einziges Mal* an den Toten gedacht, dem ihr Opfer galt? Ich glaube, daß sie einmal an ihn gedacht hat, und daß in diesem Augenblick ihr verzweifeltes Vorhaben in Gefahr geriet. Sie dachte (sie konnte gar nicht anders), daß ihr Vater das Entsetzliche, das man ihr in diesem Augenblick antat, ihrer Mutter angetan hatte. Sie dachte es mit mattem Erstaunen und flüchtete sich gleich darauf in besinnungslosen Taumel. Der Mann, Schwede oder Finne, sprach kein Spanisch; er war für Emma ein Werkzeug, so wie sie für ihn, aber sie diente ihm zur Lust und er ihr zur Gerechtigkeit.

Als sie allein zurückblieb, schlug Emma nicht gleich die Augen auf. Auf dem Nachttisch lag das Geld, das der Mann hinterlassen hatte: Emma richtete sich auf und zerriß es, wie sie vorher den Brief zerrissen hatte. Geld zu zerreißen ist frevelhaft wie Brot wegzuwerfen; Emma empfand Reue, kaum daß sie es getan hatte. Eine Tat aus Hochmut, und das an diesem Tag... Die Angst verlor sich in der Trauer ihres Körpers, im Ekel. Ekel und Trauer drückten sie wie Ketten nieder, aber Emma stand langsam auf und begann sich anzuziehen. In dem Raum blieben keine lebendigen Farben mehr, die letzte Dämmerung lastete dunkler und dunkler. Emma konnte das Haus unbemerkt verlassen; an der Ecke bestieg sie einen Lacroze, der nach Westen fuhr. Sie setzte sich, ihrem Plan entsprechend, auf den vordersten Platz, damit man ihr Gesicht nicht sah. Vielleicht tröstete es sie, als sie im lauen Verkehr auf den Straßen feststellte, daß das Vorgefallene die Dinge nicht befleckt hatte. Sie fuhr durch spärlichere und trübe Viertel, sah sie und vergaß sie sofort und stieg an einer der Straßenecken von Warnes aus. Paradoxerweise erwies sich ihre Müdigkeit als Stärke, denn sie zwang sie, sich auf die Einzelheiten des Abenteuers zu konzentrieren und verbarg ihr den Hintergrund und den Ausgang.

Aaron Loewenthal war nach allgemeiner Ansicht ein seriöser Mann; für seine wenigen Bekannten ein Geizhals. Er wohnte über der Fabrik, allein. Inmitten der verkommenen Vorstadt hatte er Angst vor Einbrechern; auf dem Fabrikhof war ein großer Hund, in seiner Schreibtischschublade – jeder wußte das – ein Revolver. Er hatte im vergangenen Jahr beim unvermuteten Tod seiner Frau – einer geborenen Gauss, die ihm eine stattliche Mitgift eingetragen hatte! – gebührende Tränen vergossen, aber seine wahre Leidenschaft war das Geld. Zu seinem stillen Verdruß wußte er, daß er weniger zur Beschaffung denn zum Horten des Geldes fähig war. Er war tief religiös; er glaubte, mit dem Herrn einen Geheimpakt geschlossen zu haben, der ihn gegen Gebete und Andachtsübungen von guten Taten befreite. Kahlköpfig, beleibt, in Trauerkleidung, Rauchglas-Kneifer und blondem Bart, erwartete er am Fenster stehend die vertrauliche Mitteilung der Arbeiterin Zunz.

Er sah sie das Gitter (das er vorsorglich angelehnt hatte) aufstoßen und den dunklen Hof überqueren. Er sah sie einen kleinen Bogen machen, als der angekettete Hund bellte. Emmas Lippen bewegten sich wie in leisem Gebet; erschöpft sagten sie wieder und wieder den Urteilsspruch auf, den Herr Loewenthal vor seinem Tod vernehmen sollte.

Die Dinge geschahen nicht so, wie Emma Zunz dies vorgesehen hatte. Seit dem Morgen des Vortages hatte sie sich immer wieder in der Vorstellung gewiegt, wie sie den festen Revolver auf ihn richten und den Erbärmlichen zum Geständnis seiner erbärmlichen Schuld zwingen und ihm dann das unerschrockene Vorgehen auseinandersetzen wollte, das der Gerechtigkeit Gottes zum Triumph über die Gerechtigkeit der Menschen verhelfen sollte. (Nicht aus Furcht, sondern als Werkzeug der göttlichen Gerechtigkeit wollte sie straffrei ausgehen.) Darauf sollte ein einziger Schuß mitten in die Brust Loewenthals Schicksal besiegeln. Aber die Dinge geschahen nicht so.

Im Angesicht Aaron Loewenthals fühlte Emma sich nicht so sehr gedrängt, ihren Vater zu rächen, als die um seinetwillen erlittene Schändung zu bestrafen. Nach dieser ausgeklügelten Entehrung war es ihr unmöglich, ihn nicht zu töten. Auch blieb ihr keine Zeit für theatralische Gesten. Vor ihm sitzend, bat sie Loewenthal zaghaft um Entschuldigung, berief sich (um die Denunzierung zu rechtfertigen) auf die gebotene Loyalität, nannte ein paar Namen, ließ auf andere schließen und brach ab, wie von Furcht überwältigt. Sie erreichte, daß Loewenthal ein Glas Wasser holen ging. Als er, kopfschüttelnd über so ein Getue, aber nachsichtig aus dem Speisezimmer zurückkam, hatte Emma bereits den schweren Revolver aus der Schublade genommen. Sie drückte zweimal auf den Abzug. Der stattliche Körper sackte zusammen, als hätten die Detonationen und der Rauch ihn geknickt, das Wasserglas zerschellte, das Gesicht sah sie mit Verblüffung und Wut an, der Mund in dem Gesicht beschimpfte sie auf Spanisch und Jiddisch. Die Flüche nahmen kein Ende; Emma mußte noch einmal feuern. Auf dem Hof brach der angekettete Hund in Gebell aus, und ein Schwall jähen Blutes floß über die obszönen Lippen und befleckte Bart und Kleidung. Emma begann mit der Anklage, die sie vorbereitet hatte (»Ich habe meinen Vater gerächt, und man wird mich nicht bestrafen können…«), aber sie sprach sie nicht zu Ende, denn Señor Loewenthal war bereits tot. Sie erfuhr nie, ob er sie noch verstanden hatte.

Das langgezogene Gebell erinnerte sie daran, daß sie sich noch nicht ausruhen konnte. Sie brachte das Sofa in Unordnung, knöpfte der Leiche den Sakko auf, nahm ihr die bespritzte Brille ab und legte sie auf den Terminkalender. Dann griff sie zum Telefon und wiederholte, was sie noch oft wiederholen sollte, mit diesen und mit anderen Worten:

»Etwas Unglaubliches ist passiert... Señor Loewenthal hat mich unter dem Vorwand kommen lassen, es handle sich um den Streik... Er hat mich mißbraucht, ich habe ihn getötet...«

Die Geschichte war in der Tat unglaublich, aber sie setzte sich allgemein durch, weil sie im Kern zutraf. Zutreffend war der Ton von Emma Zunz, zutreffend die Scham, zutreffend der Haß. Zutreffend war auch die Schande, die sie erlitten hatte; falsch waren nur die Umstände, der Zeitpunkt und ein oder zwei Eigennamen.

Die kreisförmigen Ruinen

»And if he left off dreaming about you...«
Through the Looking-Glass, VI

Niemand sah ihn an Land gehen in der einmütigen Nacht, niemand sah das Bambuskanu im heiligen Schlamm versinken, aber einige Tage später wußten alle, daß der schweigsame Mann aus dem Süden kam und daß seine Heimat eines der zahllosen Dörfer flußauf war, an der schroffen Flanke des Gebirges, wo das Zend noch nicht vom Griechischen angesteckt und wo die Lepra selten ist. Fest steht, daß der graue Mann den Schlamm küßte, die Uferböschung erklomm, ohne die Blattklingen, die ihm die Haut zerfetzten, beiseite zu biegen (vermutlich ohne sie zu spüren) und daß er sich taumelnd und blutend bis zu der kreisförmigen Einfriedung schleppte, die bekrönt ist von einem Tiger oder Pferd aus Stein, der ehemals die Farbe des Feuers besaß und nun die der Asche. Dieses Rund ist ein Tempel, den vor Zeiten die Feuersbrünste verzehrten, den der Sumpfwald geschändet hat und dessen Gott von den Menschen keine Huldigung mehr empfängt. Der Fremde streckte sich am Fuß des Sockels aus. Die hochstehende Sonne weckte ihn. Er stellte ohne Erstaunen fest, daß die Wunden vernarbt waren; er schloß die blassen Augen und schlief, nicht aus Schwäche des Fleisches, sondern auf Beschluß seines Willens. Er wußte, dieser Tempel war der Ort, den sein unwandelbares Vorhaben erheischte; er wußte, den unablässigen Bäumen war es noch nicht gelungen, die Ruinen eines anderen günstigen Tempels weiter flußab zu ersticken, dessen Götter ebenfalls verbrannt und gestorben waren; er wußte, seine unmittelbare Aufgabe war es, zu schlafen. Gegen Mitternacht weckte ihn der trostlose Schrei eines Vogels. Spuren nackter Füße, einige Feigen und ein Krug sagten ihm, daß die Einheimischen seinen Schlaf ehrfürchtig belauert hatten und seinen Schutz erbaten oder seinen Zauber fürchteten. Er fühlte die Kälte der Furcht und suchte in der verfallenen Mauer nach einer Grabnische, wo er sich mit unbekanntem Laub bedeckte.

Der Vorsatz, der ihn leitete, war nicht unmöglich, wenn auch übernatürlich. Er wollte einen Menschen erträumen; er wollte ihn bis in die kleinste Einzelheit erträumen und ihn der Wirklichkeit aufzwingen. Dieses magische Vorhaben hatte allen Raum in seiner Seele erschöpft; wenn jemand ihn nach seinem Namen oder irgendeinem Umstand seines früheren Lebens gefragt hätte, wäre er die Antwort schuldig geblieben. Der unbehauste, zertrümmerte Tempel sagte ihm zu, weil er ein Minimum an sichtbarer Welt bedeutete; ebenso die Nachbarschaft der Holzfäller, weil diese für seine kargen Bedürfnisse aufkamen. Der Reis und die Früchte ihres Tributs waren ausreichende Nahrung für seinen Leib, der einzig der Aufgabe des Schlafens und Träumens geweiht war.

Zu Beginn waren die Träume chaotisch; bald darauf wurden sie dialektischer Art. Der Fremdling träumte sich in den Mittelpunkt eines kreisförmigen Amphitheaters, das irgendwie der eingeäscherte Tempel war; ein Gewölk schweigsamer Jünger hielt die Stufen besetzt; die Gesichter der obersten schwebten in jahrhunderteferner, sternweiter Höhe, waren aber vollkommen deutlich. Der Mann hielt ihnen Vorlesungen in Anatomie, Kosmographie, Magie: Die Gesichter lauschten gespannt und bemühten sich, verständig zu antworten, als ahnten sie die Bedeutung dieser Prüfung, die einen unter ihnen von seiner leeren Scheinhaftigkeit erlösen und in die wirkliche Welt einschalten sollte. Der Mann bedachte im Traum und im Wachen die Antworten seiner Phantasmen, ließ sich von den Scharlatanen nicht verblüffen, erriet in gewissen Verwirrungen einen heranreifenden Verstand. Er suchte eine Seele, die würdig wäre, am Universum teilzuhaben.

Nach neun oder zehn Nächten begriff er mit einiger Bitterkeit, daß von jenen seiner Jünger, die seine Lehren passiv hinnahmen, nichts zu erwarten sei, wohl aber von denen, die hie und da einen vernünftigen Widerspruch wagten. Die ersten, mochten sie auch Liebe und Zuneigung verdienen, konnten nicht zu Individuen aufsteigen; die anderen präexistierten ein wenig mehr. Eines Nachmittags (jetzt waren auch die Nachmittage dem Traum botmäßig, jetzt wachte er nur noch am Morgen ein paar Stunden) entließ er das ungeheure Wahnkolleg für immer und blieb mit einem einzigen Schüler allein. Er war ein schweigsamer, grämlicher Jüngling, zuweilen aufsässig, mit scharfen Gesichtszügen, die die seines Träumers wiedergaben. Seine Niedergeschlagenheit über die jähe Beseitigung der Mitschüler währte nicht lange; der Fortschritt, den er nach ein paar Privatstunden machte, konnte den Lehrer verblüffen. Dennoch kam es zur Katastrophe. Eines Tages tauchte der Mann aus dem Schlaf wie aus einer schleimigen Einöde; er sah das eitle Licht des sinkenden Tages, das er zunächst mit dem Morgen verwechselte, und begriff, daß er nicht geträumt hatte. Diese ganze Nacht und den ganzen Tag brach die unerträgliche Hellsicht der Schlaflosigkeit über ihn herein. Er wollte den Wald erkunden, sich erschöpfen; zwischen den Schierlingpflanzen bekam er nur einige Fetzen dünnen Schlafs zu fassen, flüchtig geädert mit rudimentären Visionen, die nichts taugten. Er wollte das Kolleg versammeln und hatte kaum einige mahnende Worte gesprochen, als es sich verzerrte und verschwamm. Bei der fast ständigen Wacht verbrannten ihm Tränen des Zorns die alten Augen.

Er begriff, daß die Aufgabe, den zusammenhanglosen und schwindelerregenden Stoff, aus dem die Träume sind, zu formen, die schwierigste ist, die ein Mann in Angriff nehmen kann, wenn er auch alle Rätsel der höheren und niederen Ordnung erschlösse: viel schwieriger, als aus Sand ein Seil zu flechten oder den antlitzlosen Wind in eine Münze zu prägen. Er begriff, daß ein anfängliches Scheitern unvermeidlich war. Er schwor, die ungeheure Halluzination, die ihn zu Beginn vom Weg abgebracht hatte, zu vergessen und suchte eine neue Arbeitsmethode. Ehe er mit ihr begann, widmete er einen Monat der Wiederherstellung seiner Kräfte, die der Wahn vergeudet hatte. Er gab das vorsätzliche Träumen völlig auf und erreichte fast sofort, daß er einen beträchtlichen Teil des Tages schlief. Wenn er innerhalb dieser Zeit noch einmal träumte, gab er auf seine Träume nicht acht. Um seine Aufgabe von neuem in Angriff zu nehmen, wartete er, bis sich die Scheibe des Mondes vollkommen gerundet hatte. Darauf reinigte er sich am Abend in den Wassern des Flusses, betete zu den Planetengöttern, sprach die erlaubten Silben eines mächtigen Namens aus und schlief ein. Fast sofort träumte er von einem schlagenden Herzen.

Er träumte es aktiv, heiß, geheim; es hatte die Größe einer geballten Faust und hing granatfarben im Dämmer eines menschlichen Leibes, der noch kein Gesicht, kein Geschlecht hatte; mit eindringlicher Liebe träumte er es vierzehn helle Nächte lang. Jede Nacht nahm er es deutlicher wahr. Er rührte es nicht an: Er begnügte sich damit, es zu schauen, zu beobachten, manchmal auch mit dem Blick zu berichtigen. Er nahm es wahr, erlebte es aus vielen Entfernungen und Blickwinkeln. In der vierzehnten Nacht streifte er mit dem Zeigefinger die Hauptschlagader und dann das ganze Herz, von außen und von innen. Die Untersuchung stellte ihn zufrieden. Absichtlich träumte er eine ganze Nacht nicht; dann nahm er das Herz wieder auf, rief den Namen eines Planeten an und begab sich an die Schau eines anderen der Hauptorgane. Vor Ablauf eines Jahres hatte er es bis zum Skelett, bis zu den Augenlidern gebracht. Das unzählbare Haupthaar war wohl die schwierigste Aufgabe. Er träumte einen vollausgebildeten Menschen, einen Jüngling; doch richtete dieser sich weder auf, noch sprach er, noch konnte er die Augen öffnen. Nacht für Nacht träumte ihn der Mann schlafend.

In den gnostischen Kosmogonien kneten die Demiurgen einen roten Adam, der nicht aufzustehen vermag; so ungeschickt und roh und elementar wie dieser Adam aus Staub war der Adam aus Traum, den die Nächte des Magiers zustande gebracht hatten. Eines Abends war der Mann nahe daran, sein Werk zu vernichten (es wäre besser für ihn gewesen, wenn er es vernichtet hätte), doch tat es ihm darum leid. Nachdem er vergeblich zu allen Geistern der Erde und des Flusses gebetet hatte, warf er sich zu Füßen des göttlichen Standbildes nieder, das vielleicht ein Tiger, vielleicht ein Pferd war, und erbat seinen unbekannten Beistand. In dieser Abenddämmerung träumte er von dem Standbild. Er träumte es lebendig, von Leben durchpulst; es war keine abscheuliche Kreuzung von Tiger und Pferd, sondern diese beiden ungestümen Geschöpfe zugleich, aber auch ein Stier, eine Rose, ein Sturm. Dieser vielfältige Gott offenbarte ihm, daß er auf Erden Feuer heiße, daß ihm in diesem kreisförmigen Tempel (und in anderen ähnlichen) Opfer und Gottesdienste dargebracht worden seien, und daß er durch Zauber dem erträumten Phantasma Leben einhauchen wolle, so daß alle Geschöpfe – mit Ausnahme des Feuers selbst und des Träumers – ihn für einen Menschen aus Fleisch und Bein halten sollten. Er befahl, daß er ihn nach Unterrichtung in den Riten zu dem anderen zertrümmerten Tempel schicke, dessen Pyramiden flußabwärts noch erhalten sind, damit in diesem verlassenen Bauwerk eine Stimme ihn verherrliche. Im Traum des Mannes, der träumte, erwachte der Geträumte.

Der Magier führte diese Befehle aus. Eine bestimmte Frist (die sich schließlich auf zwei Jahre erstreckte) weihte er der Aufgabe, ihm die Mysterien des Universums und des Feuerkults zu enthüllen. Insgeheim schmerzte es ihn, daß er sich von ihm trennen sollte. Unter dem Vorwand pädagogischer Notwendigkeit dehnte er jeden Tag die dem Traum gewidmeten Stunden aus. Auch schuf er die rechte Schulter noch einmal, die vielleicht fehlerhaft war. Manchmal beunruhigte ihn der Eindruck, all dies sei schon einmal geschehen… Im ganzen waren seine Tage glücklich; wenn er die Augen schloß, dachte er: ›Jetzt werde ich bei meinem Sohn sein.‹ Oder, seltener: ›Der Sohn, den ich gezeugt habe, erwartet mich und wird nicht existieren, wenn ich nicht zu ihm gehe.‹

Schrittweise gewöhnte er ihn an die Wirklichkeit. Einmal trug er ihm auf, einen fernen Gipfel zu beflaggen. Am nächsten Tag flatterte die Fahne auf dem Gipfel. Er versuchte ähnliche, immer kühnere Experimente. Er begriff mit einer gewissen Bitterkeit, daß sein Sohn bereit – und vielleicht ungeduldig – war, geboren zu werden. In dieser Nacht küßte er ihn zum erstenmal und schickte ihn zu dem anderen Tempel, dessen Trümmer flußabwärts bleichten, viele Meilen jenseits unentwirrbaren Waldes und Sumpfes. Zuvor aber (damit er nie erführe, daß er ein Phantom war, damit er sich für einen Menschen gleich den anderen hielte) löschte er im Gedächtnis des Jüngers jede Erinnerung an die Lehrjahre.

Sein Sieg und sein Friede blieben von Überdruß getrübt. In der Abend- und Morgendämmerung warf er sich vor der Steinfigur nieder, vielleicht mit dem Gedanken, daß sein unwirklicher Sohn in anderen kreisförmigen Ruinen, flußabwärts, dieselben Riten vollzog; nachts träumte er nicht, oder er träumte wie alle Menschen. Die Geräusche und Formen des Universums nahm er mit einer gewissen Blässe wahr; der abwesende Sohn nährte sich von diesen Schmälerungen seiner Seelenkraft. Sein Lebensvorsatz war erfüllt; der Mann verharrte in einer Art Entrückung. Nach einer Zeit, die von gewissen Erzählern seiner Geschichte eher in Jahren, von anderen in Jahrfünften angegeben wird, weckten ihn um Mitternacht zwei Ruderer; er konnte ihre Gesichter nicht sehen, doch sprachen sie ihm von einem Magier in einem Tempel im Norden, der durchs Feuer gehen könne, ohne zu verbrennen. Der Magier entsann sich jäh der Worte des Gottes. Er erinnerte sich, daß von allen Geschöpfen, die den Erdkreis ausmachen, allein das Feuer wußte, daß sein Sohn ein Phantom war. Dieser Gedanke, der ihn zuerst besänftigte, wurde ihm schließlich zur Qual. Er befürchtete, sein Sohn könne über dieses ungewöhnliche Vorrecht nachsinnen und irgendwie entdecken, daß er ein bloßes Scheinbild war. Kein Mensch, nur die Projektion des Traums eines anderen Menschen zu sein – welche Erniedrigung ohnegleichen, welch ein Taumel! Jeden Vater kümmern die Kinder, die er gezeugt (die er zugelassen) hat in bloßer Sinnverwirrung oder Glückseligkeit; es ist natürlich, daß der Magier um die Zukunft dieses Sohnes bangte, den er Glied um Glied und Zug um Zug in tausendundeiner geheimen Nacht erdacht hatte.

Seinem Schwanken wurde jäh ein Ende gesetzt, doch verhießen es einige Zeichen. Zuerst (nach einer langen Dürre) eine ferne Wolke auf einem Bergzug, leicht wie ein Vogel; dann gegen Süden der Himmel, der sich rosa färbte wie das Zahnfleisch des Leoparden; dann die Rauchwolken, die das Metall der Nächte rosten ließen; danach die panische Flucht der Tiere. Denn es wiederholte sich, was vor vielen Jahrhunderten geschehen war. Die Ruinen des Heiligtums des Feuergottes wurden vom Feuer zerstört. An einem Morgen ohne Vögel sah der Magier die konzentrische Feuersbrunst sich um die Mauern schließen. Einen Augenblick dachte er daran, sich ins Wasser zu flüchten, dann aber begriff er, daß der Tod kam, sein Alter zu krönen und ihn seiner Mühsal zu entheben. Er schritt auf die Feuerfetzen zu. Sie bissen nicht in sein Fleisch, sie liebkosten und überfluteten ihn ohne Hitze und Brand. Erleichtert, erniedrigt, entsetzt begriff er, daß auch er nur ein Scheinbild war, daß ein anderer ihn träumte.

Die Lotterie in Babylon

Wie alle Babylonier bin ich Prokonsul gewesen; wie alle Sklave; auch habe ich die Allmacht, die Schande, die Kerker kennengelernt. Seht: An meiner rechten Hand fehlt der Zeigefinger. Seht: Durch diesen Riß im Mantel kann man auf meinem Bauch eine rote Tätowierung sehen; es ist das zweite Schriftzeichen, Beth. Dieser Buchstabe verleiht mir in Vollmondnächten Gewalt über die Menschen, die mit Ghimel gezeichnet sind, aber er unterstellt mich denen mit einem Aleph, die in Neumondnächten jenen mit Ghimel Gehorsam schulden. In der Morgendämmerung habe ich in einem Kellergeschoß vor einem schwarzen Stein heilige Stiere gekehlt. Ein Mondjahr lang war ich für unsichtbar erklärt; ich rief und bekam keine Antwort, ich stahl Brot und man köpfte mich nicht. Ich habe erfahren, was Griechen nicht kennen: die Ungewißheit. In einer Bronzekammer, vor dem stummen Tuch des Würgers, ist die Hoffnung mir treu geblieben; im Strom der Wonnen die Panik. Herakleides Pontikos erzählt bewundernd, daß Pythagoras sich erinnerte, Pyrrhos gewesen zu sein und davor Euphorbos und davor irgendein anderer Sterblicher; um ähnlicher Wechselfälle zu gedenken, brauche ich weder auf den Tod zurückzugreifen noch auf Hochstapelei.

Diese beinahe gräßliche Vielfalt verdanke ich einer Einrichtung, die in anderen Gemeinwesen unbekannt ist oder dort nur unvollkommen und geheim ihr Wesen treibt: der Lotterie. Ihre Geschichte habe ich nicht erforscht; ich weiß nur, daß die Magier über sie uneins sind; ich weiß von ihren gewaltigen Vorhaben nur soviel, wie ein der Astrologie Unkundiger vom Mond wissen kann. Ich bin aus einem schwindelerregenden Land, in dem die Lotterie Hauptbestandteil der Wirklichkeit ist: Bis zum heutigen Tage habe ich an sie so wenig gedacht wie an das Verhalten der unenträtselbaren Götter oder das meines Herzens. Jetzt, fern von Babylon und seinen geliebten Bräuchen, denke ich mit einigem Staunen an die Lotterie und an die lästerlichen

Mutmaßungen, die in der Dämmerung die Verschleierten murmeln.

Mein Vater erzählte, früher – vor Jahrhunderten, vor Jahren? – sei die Lotterie in Babylon eine plebejische Belustigung gewesen. Er erzählte (ich weiß nicht, ob wahrheitsgemäß), daß die Barbiere gegen Kupfermünzen viereckige Plättchen aus Bein oder Pergament, die mit Zeichen beschriftet waren, ausgaben. Die Ziehung fand bei hellem Tage statt: Die glücklichen Gewinner erhielten, ohne sonstige Mitwirkung des Zufalls, geprägte Silbermünzen. Das Verfahren steckte, wie man sieht, noch ganz in den Anfängen.

Natürlich scheiterten diese »Lotterien«. Ihr moralischer Wert war gleich Null. Sie wandten sich nicht an alle Fähigkeiten des Menschen: einzig an seine Hoffnung. Angesichts der Gleichgültigkeit des Publikums begannen die Händler, die diese käufliche Lotterie begründet hatten, Geld zu verlieren. Jemand schlug eine Reform vor: die Einschaltung einiger weniger Unglückslose in die Reihe der Glückslose. Durch diese Reform setzten sich die Käufer numerierter Vierecke dem zweifachen Risiko aus, eine Summe zu gewinnen und eine manchmal beträchtliche Buße zu entrichten. Diese geringe Gefahr (auf dreißig Glückslose entfiel ein Unheilslos) weckte natürlich das Interesse des Publikums. Die Babylonier ergaben sich dem Spiel. Wer keine Lose erwarb, galt als zaghaft und kleinmütig. Mit der Zeit verdoppelte sich diese berechtigte Verachtung. Man schmähte den, der nicht spielte, aber auch die Verlierer, die die Buße bezahlten. Die Gesellschaft (so begann sie sich damals zu nennen) mußte sich der Gewinner annehmen, die ihre Prämien nicht einstreichen konnten, wenn in den Kassen nahezu der Gesamtbetrag der Bußen fehlte. Sie richtete eine Forderung an die Verlierer: Der Richter verurteilte sie zur Entrichtung der ursprünglichen Buße und der Kosten, oder zu ein paar Tagen Gefängnis. Alle entschieden sich für das Gefängnis, um die Gesellschaft zu schädigen. Diesem Trotz einiger weniger entspringt die Allmacht der Gesellschaft: ihr kirchlicher, metaphysischer Rang.

Bald darauf verzichtete man bei Bekanntgabe der Ziehungsergebnisse auf die Aufzählung der Geldbußen und verlautbarte lediglich die Tage Gefängnis, die jedes schwarze Los bezeichnete. Dieser seinerzeit fast unbeachtete Lakonismus war von kapitaler Bedeutung. *Zum erstenmal setzten sich in der Lotterie nichtpekuniäre Elemente durch.* Der Erfolg war sehr groß. Auf Betreiben der Spieler sah die Gesellschaft sich veranlaßt, die Zahl der Unglücksnummern zu erhöhen.

Es ist allgemein bekannt, daß das Volk von Babylon der Logik und auch der Symmetrie sehr ergeben ist. Es war ein Mißverhältnis, daß die Glücksnummern mit runden Münzen, die Unglücksnummern hingegen mit Tagen und Nächten im Gefängnis abgegolten wurden. Ein paar Moralisten stellten die Überlegung an, daß der Besitz von Münzen nicht immer maßgebend für Glücklichsein ist, und daß andere Formen des Glücks vielleicht direkter sind.

Eine andere Sorge breitete sich in den Armenvierteln aus. Die Mitglieder des Priesterkollegs erhöhten die Einsätze und profitierten von allen Wechselfällen des Entsetzens und der Hoffnung; die Armen (mit vernünftigem oder unvermeidlichem Neid) sahen sich von diesem offenkundig köstlichen Hin und Her ausgeschlossen. Das gerechte Verlangen, daß alle, arm und reich, an der Lotterie gleichen Anteil haben sollten, führte zu einer Empörung, die sich im Gedächtnis der Jahre nicht verwischt hat. Ein paar Starrköpfe begriffen nicht (oder taten, als begriffen sie nicht), daß es um eine neue Ordnung, eine notwendige historische Etappe ging... Ein Sklave stahl ein scharlachrotes Los, das ihm bei der Ziehung Anspruch darauf gab, die Zunge verbrannt zu bekommen. Eben dies wurde dann als Strafmaß für Losdiebstahl im Gesetz verankert. Einige Babylonier befanden, er habe in seiner Eigenschaft als Dieb das weißglühende Eisen verdient; andere, großmütig, meinten, der Henker solle es gegen sich selbst richten, weil es der Zufall so gefügt hatte... Es kam zu Unruhen, zu beklagenswertem Blutvergießen; aber das babylonische Volk setzte schließlich seinen Willen durch, gegen den Widerstand der Reichen. Das Volk erreichte voll und ganz seine edelmütigen Ziele.

An erster Stelle, daß die Gesellschaft die totale Macht übernahm. (Diese Vereinheitlichung war nötig wegen der Weitgespanntheit und Vielschichtigkeit der neuen Verfahren.) An zweiter Stelle erreichte es, daß die Lotterie geheim, kostenlos und allgemein wurde. Der geschäftsmäßige Losverkauf wurde abgeschafft. Jeder freie Mann, der in die Mysterien des Baal eingeweiht war, nahm automatisch an den heiligen Ziehungen teil, die in den Labyrinthen des Gottes alle sechzig Nächte erfolgten und sein Schicksal bis zur nächsten Ziehung bestimmten. Die Folgen waren unberechenbar. Ein glücklicher Spielausgang mochte ihn in den Rat der Magier oder einen seiner Feinde (öffentlicher oder privater Art) ins Gefängnis bringen oder ihn im friedlichen Dunkel seines Gemachs der Frau, die uns gerade zu beunruhigen beginnt oder die man nicht wiederzusehen erwartete, begegnen lassen; ein unglücklicher Spielausgang: Verstümmelung, alle Arten von Schande, Tod. Manchmal war eine einzige Tatsache – die gemeine Ermordung von C, die mysteriöse Verklärung von B – die geniale Lösung von dreißig oder vierzig Ziehungen. Die Ziehungsergebnisse zu kombinieren war schwierig; doch muß man bedenken, daß die Individuen der Gesellschaft allmächtig und schlau waren (und sind). In vielen Fällen hätte das Wissen, daß gewisse Glücksumstände ein Werk des puren Zufalls waren, deren Wert geschmälert; um diesen Nachteil zu beseitigen, machten die Agenten der Gesellschaft Gebrauch von Einflüsterungen und Magie. Ihre Schritte, ihre Manöver waren geheim. Um die heimlichen Hoffnungen, die heimlichen Ängste jedes einzelnen auszuforschen, verfügten sie über Astrologen und Spitzel. Es gab gewisse Steinlöwen, es gab eine heilige Latrine namens Qaphqa, es gab ein paar Spalten in einem staubigen Aquädukt, die nach allgemeiner Ansicht *zur Gesellschaft führten*; Boshafte oder Wohlwollende hinterlegten dort Anzeigen. Ein alphabetisches Archiv nahm diese Notizen von unsteter Wahrhaftigkeit auf.

So unglaublich es klingen mag: Hie und da wurde gemurrt. Die Gesellschaft, in ihrer üblichen Zurückhaltung, antwortete darauf nicht direkt. Sie ließ lieber in den Abfall einer Maskenfabrik ein knappes Argument schmieren, das heute zu den heiligen Schriften zählt. Dieses Lehrstück stellte fest, die Lotterie sei eine Einschaltung des Zufalls in die Weltordnung, und Irrtümer hinnehmen heiße nicht, dem Zufall zu widersprechen, sondern: ihn zu bestätigen. Außerdem: daß diese Löwen und dieses heilige Behältnis, wiewohl nicht untersagt von der Gesellschaft (die auch nicht auf das Recht verzichtete, sie zu konsultieren), ohne amtliche Garantie arbeiteten.

Diese Erklärung beschwichtigte die öffentlichen Besorgnisse. Auch zeitigte sie andere, vom Verfasser wohl nicht vorhergesehene Wirkungen. Sie verwandelte tiefgreifend die Gesinnung und die Operationen der Gesellschaft. Mir bleibt nur noch wenig Zeit; man teilt uns mit, das Schiff sei klar zum Auslaufen; ich will aber versuchen, die Sache zu erklären.

So unwahrscheinlich es klingen mag, niemand hatte sich bis dahin an einer allgemeinen Theorie des Spiels versucht. Der Babylonier ist nicht spekulativ veranlagt. Die Urteilssprüche des Zufalls nimmt er hin, weiht ihnen sein Leben, seine Hoffnung, sein panisches Entsetzen, aber es fällt ihm nicht ein, seine labyrinthischen Gesetze oder die kreisenden Sphären, die ihn enthüllen, zu erforschen. Trotzdem regte die offiziöse Erklärung, die ich erwähnt habe, zu einer Menge von Erörterungen juristisch-mathematischer Art an. Einer von ihnen entsprang die folgende Mutmaßung: Wenn die Lotterie eine Verstärkung des Zufalls, eine periodische Ergießung des Chaos in den Kosmos ist, müßte dann nicht der Zufall eigentlich in alle Etappen der Ziehung Einlaß finden, nicht in nur eine einzige? Ist es nicht lächerlich, daß der Zufall irgendwessen Tod verfügt, daß aber die Umstände dieses Todes – Ausschluß oder Anwesenheit der Öffentlichkeit, Vollstreckung binnen einer Stunde oder eines Jahrhunderts – nicht dem Zufall unterworfen sind? Diese so berechtigten Skrupel führten schließlich zu einer bedeutenden Reform, deren Verzwicktheit (verschlimmert durch jahrhundertelange Ausübung) nur ein paar Spezialisten verstehen, die ich aber, wenn auch vielleicht symbolisch, zu resümieren versuchen will.

Stellen wir uns eine erste Ziehung vor, die den Tod eines Menschen verfügt. Zur Vollstreckung veranstaltet man eine weitere Ziehung, die (sagen wir) neun mögliche Vollstrecker vorschlägt. Von diesen Vollstreckern können vier eine dritte Ziehung einleiten, die den Namen des Henkers erbringen soll, zwei können an die Stelle des schwarzen Spruchs einen glücklichen treten lassen (etwa die Auffindung eines Schatzes), ein anderer kann die Todesstrafe verschärfen (das heißt, schmachvoll machen oder um Folterqualen bereichern), wieder andere können sich weigern, sie zu vollziehen ... So sieht das symbolische Schema aus. In Wirklichkeit *ist die Zahl der Ziehungen unendlich*. Kein Entscheid ist endgültig, alle verzweigen sich in andere. Die Unwissenden meinen, unendliche Ziehungen erforderten unendliche Zeit; in Wahrheit braucht die Zeit nur unendlich teilbar zu sein, wie die berühmte Parabel vom Wettlauf mit der Schildkröte lehrt. Diese Unendlichkeit stimmt mit den krummen Zahlenreihen des Zufalls und mit dem Himmlischen Archetyp der Lotterie, den die Platoniker anbeten, wunderbar überein... Ein verzerrtes Echo unserer Riten scheint bis an den Tiber gedrungen zu sein. Aelius Lampridius berichtet im *Leben des Antoninus Heliogabalus*, daß dieser Kaiser auf Muscheln schrieb, was er jedem seiner geladenen Gäste als Los zudachte, so daß einer zehn Pfund Gold erhielt, ein anderer zehn Fliegen, zehn Bilchmäuse, zehn Bären. Man darf daran erinnern, daß Elagabal in Kleinasien von den Priestern des gleichnamigen Gottes erzogen wurde.

Aber es gibt auch unpersönliche Ziehungen, deren Absicht undefiniert ist: Eine bestimmt, daß ein Saphir von Taprobane in die Wasser des Euphrat geworfen werde; eine andere, daß man vom Dach eines Turms einen Vogel loslasse; eine andere, daß in jedem Jahrhundert unter den unzähligen Sandkörnern des Strandes eines weggenommen (oder hinzugetan) werde. Die Folgen sind manchmal furchterregend.

Unter dem wohltätigen Einfluß der Gesellschaft haben sich unsere Lebensgewohnheiten mit Zufall gesättigt. Wer ein Dutzend Amphoren Damaszener Wein kauft, wird sich nicht wundern, wenn eine davon einen Talisman oder eine Viper birgt; der Schreiber, der einen Vertrag aufsetzt, wird kaum je verfehlen, eine irrige Angabe einzusetzen; ich selbst habe in dieser eiligen Erklärung den einen oder anderen Glanz, die eine oder andere Scheußlichkeit verfälscht. Vielleicht auch die eine oder andere mysteriöse Monotonie... Unsere Geschichtsschreiber, die schärfstsinnigen der ganzen Welt, haben eine Methode entwickelt, den Zufall zu korrigieren; es heißt, die Anwendungen dieser Methode seien (im allgemeinen) vertrauenswürdig, wenn sie auch natürlich nicht ohne eine Dosis Betrug in Umlauf gesetzt werden. Überdies ist kaum etwas so mit Fiktivem verquickt wie die Geschichte der Gesellschaft... Eine paläographische, in einem Tempel ausgegrabene Urkunde kann von der gestrigen Ziehung oder einer jahrhundertealten bewirkt sein. Kein Buch erscheint, das nicht von Exemplar zu Exemplar gewisse Abweichungen aufwiese. Die Schreiber leisten einen geheimen Eid, wegzulassen, einzuschieben, abzuändern. Auch befleißigt man sich der indirekten Lüge.

Die Gesellschaft in ihrer göttlichen Bescheidenheit entzieht sich der Öffentlichkeit. Ihre Agenten arbeiten natürlich im geheimen; die Anordnungen, die sie fortwährend (vielleicht unablässig) trifft, unterscheiden sich nicht von denen, die die Scharlatane ausstreuen. Außerdem: Wer könnte sich denn rühmen, ein bloßer Scharlatan zu sein? Der Betrunkene, der einen absurden Befehl improvisiert, der Schläfer, der jäh aus dem Traum fährt und die Frau erwürgt, die bei ihm schläft – führen sie nicht vielleicht einen geheimen Beschluß der Gesellschaft aus? Dieses stille Funktionieren, dem Gottes vergleichbar, verlockt zu den verschiedensten Mutmaßungen. Abscheulich legt eine nahe, es gebe schon seit Jahrhunderten keine Gesellschaft mehr und die heilige Unordnung unserer Leben sei rein erblich, traditionell; eine andere hält die Gesellschaft für ewig und lehrt, daß sie bis zur letzten Nacht dauern werde, in der der letzte Gott die Welt zerschmettert. Eine andere erklärt, die Gesellschaft sei allmächtig, doch nehme sie nur auf winzige Dinge Einfluß:

den Ruf eines Vogels, die Nuancen von Rost und Staub, die Dämmerträume am Morgen. Eine andere verkündet durch den Mund maskierter Häresiarchen, *daß sie nie existiert hat noch je existieren wird.* Eine andere, nicht minder abgefeimt, behauptet, es sei gleichgültig, ob man die Realität der schattenhaften Körperschaft bejaht oder verneint, weil Babylon nichts anderes ist als ein unendliches Spiel von Zufällen.

Der Plot

Damit an seinem Grauen nichts fehle, entdeckt Caesar, von den ungeduldigen Dolchen seiner Freunde an den Fuß einer Statue gedrängt, unter den Gesichtern und den Klingen das von Marcus Junius Brutus, seinem Schützling, vielleicht seinem Sohn, und er wehrt sich nicht länger und ruft aus: »Auch du, mein Sohn!« Shakespeare und Quevedo nehmen diesen pathetischen Schrei auf.

Das Schicksal liebt die Wiederholungen, die Varianten, die Symmetrien; neunzehn Jahrhunderte später wird im Süden der Provinz Buenos Aires ein Gaucho von anderen Gauchos überfallen, und stürzend erkennt er eines seiner Patenkinder, und er sagt mit sanftem Vorwurf und zögerndem Staunen (diese Wörter muß man hören, nicht lesen): *»Pero, che!«* Sie töten ihn, und er weiß nicht, daß er stirbt, damit eine Szene sich wiederhole.

Der Süden

Der Mann, der 1871 in Buenos Aires an Land ging, hieß Johannes Dahlmann und war Pfarrer der Evangelischen Kirche; 1939 war einer seiner Enkel, Juan Dahlmann, Sekretär einer Städtischen Bibliothek in der Calle Córdoba und fühlte sich zutiefst als Argentinier. Sein Großvater mütterlicherseits war jener Francisco Flores vom 2. Linieninfanterieregiment gewesen, der an der Grenze der Provinz Buenos Aires durch Lanzen der Indianer Catriels fiel; im Widerstreit seiner beiden Abstammungen entschied sich Juan Dahlmann (vielleicht auf Drängen seines germanischen Blutes) für die Linie dieses romantischen Vorfahren mit seinem romantischen Tod. Ein Lederetui mit der Daguerreotypie eines unpersönlich dreinblickenden bärtigen Mannes, ein alter Degen, der Schwung und die Herzhaftigkeit gewisser Musikstücke, der ständige Umgang mit den Versen des *Martín Fierro*, die Jahre, die Enttäuschungen und die Einsamkeit verstärkten diesen etwas willkürlichen, aber nie prahlerischen *criollismo*. Um den Preis einiger Entbehrungen war es Dahlmann gelungen, sich das Kernstück einer Estancia im Süden zu erhalten, die den Flores gehört hatte; zu seinen Erinnerungs-Gewohnheiten gehörte das Bild der balsamisch duftenden Eukalyptusbäume und des langgestreckten rosafarbenen Hauses, das einmal karmesinrot gewesen war. Seine Arbeit und vielleicht die Trägheit hielten ihn in der Stadt fest. Sommer auf Sommer begnügte er sich mit der abstrakten Vorstellung des Besitzes und mit der Gewißheit, daß dort an einer bestimmten Stelle der Ebene sein Haus auf ihn wartete. In den letzten Februartagen 1939 stieß ihm etwas zu.

Blind für wirkliche Schuld, kann das Schicksal doch unbarmherzig gegen die kleinsten Unachtsamkeiten sein. Dahlmann hatte an diesem Abend ein unvollständiges Exemplar von *Tausendundeine Nacht* von Weil aufgetrieben; begierig, diesen Fund zu betrachten, wartete er nicht, bis der Fahrstuhl herunterkam, sondern lief eilig die Treppe hinauf; in der Dunkelheit streifte etwas seine Stirn – eine Fledermaus, ein Vogel? Im Gesicht der Frau, die ihm die Tür öffnete, stand Entsetzen geschrieben, und die Hand, mit der er sich über die Stirn strich, färbte sich rot von Blut. Die Kante eines frischgestrichenen Fensterflügels, den jemand zu schließen vergessen hatte, war schuld an dieser Wunde. Es gelang Dahlmann einzuschlafen; aber gegen Morgen wurde er wach, und von diesem Augenblick an bekamen alle Dinge einen abscheulichen Geschmack. Das Fieber verzehrte ihn, und die Illustrationen von *Tausendundeiner Nacht* waren dazu angetan, Albträume auszuschmücken. Freunde und Verwandte besuchten ihn und versicherten ihm mit übertriebenem Lächeln, daß er sehr gut aussehe. Dahlmann hörte sie mit einer Art von mattem Erstaunen an und wunderte sich, daß sie nicht wußten, daß er in der Hölle war. Acht Tage vergingen, wie acht Jahrhunderte. Eines Nachmittags erschien sein gewohnter Arzt mit einem neuen Arzt, und sie brachten ihn in ein Sanatorium in der Calle Ecuador, weil eine Röntgenaufnahme unerläßlich war. In der Mietdroschke, die sie dorthin brachte, dachte Dahlmann, daß er in einem Zimmer, das nicht seines wäre, endlich würde schlafen können. Er fühlte sich glücklich und gesprächig; kaum angekommen, entkleidete man ihn, schor ihm den Kopf, schnallte ihn auf einer Trage fest, durchleuchtete ihn bis zum Blindwerden und bis zum Schwindel, horchte ihn ab, und ein maskierter Mann stieß ihm eine Nadel in den Arm. Er wachte mit Brechreiz auf, fest verbunden und in einer Zelle, die etwas von einem Brunnenschacht hatte; in den Tagen und Nächten, die auf die Operation folgten, mußte er erkennen, daß er bis dahin kaum im Vorhof der Hölle gewesen war. Das Eis ließ in seinem Mund nicht die leiseste Spur der Erfrischung zurück. In diesen Tagen haßte Dahlmann sich Stück für Stück; er haßte seine Identität, seine körperlichen Bedürfnisse, seine Erniedrigung, den Bart, der sein Gesicht stachelig machte. Mit stoischem Gleichmut ertrug er die Behandlungen, die sehr schmerzhaft waren; aber als der Chirurg ihm sagte, daß er beinahe an einer Sepsis gestorben wäre, brach Dahlmann in

Tränen aus, aus Mitleid mit seinem Geschick. Das körperliche Elend und das unablässige Gefaßtsein auf schlimme Nächte hatten ihn an etwas so Abstraktes wie den Tod nicht denken lassen. Am nächsten Tag sagte ihm der Chirurg, er sei auf dem Weg der Besserung und werde sehr bald zur Erholung auf die Estancia gehen können. Wider alles Erwarten kam der versprochene Tag heran.

Die Wirklichkeit liebt die Symmetrien und die leichten Anachronismen; Dahlmann war in einer Mietdroschke ins Sanatorium gekommen, und jetzt brachte ihn eine Mietdroschke zum Bahnhof Constitución. Die erste herbstliche Kühle nach der drückenden Luft des Sommers war gleichsam ein Sinnbild seines Schicksals, das ihn von Fieber und Tod losgesprochen hatte. Die Stadt hatte um 7 Uhr früh noch nicht das Aussehen eines alten Hauses eingebüßt, das ihr die Nacht zu geben pflegte; die Straßen waren wie lange Gänge, die Plätze wie Höfe. Dahlmann erkannte sie mit einem Gefühl von Glück und einem Hauch von Schwindel wieder; Sekunden bevor seine Augen sie entdeckten, erinnerte er sich an die Straßenkreuzungen, die Anschlagsäulen, an die bescheidenen Unterschiede im Stadtbild von Buenos Aires. Im gelben Licht des neuen Tages kamen alle Dinge zu ihm zurück.

Jedermann weiß, daß der »Süden« jenseits der Straße Rivadavia beginnt. Dahlmann sagte immer, daß das keine bloße Redensart ist, daß, wer diese Straße überquert, eine ältere und festere Welt betritt. Vom Wagen aus suchte er zwischen den Neubauten das Gitterfenster, den Türklopfer, den Türbogen, den Gang und den Patio.

In der Bahnhofshalle merkte er, daß noch 30 Minuten Zeit waren. Er erinnerte sich plötzlich, daß es in einem Café in der Calle Brasil (wenige Schritte vom Haus Irigoyens entfernt) einen riesigen Kater gab, der sich wie eine Gottheit verächtlich von den Leuten liebkosen ließ. Er ging hinein. Da lag der Kater, schlafend. Er bestellte eine Tasse Kaffee, süßte sie langsam, kostete (dieser Genuß war ihm in der Klinik untersagt gewesen) und dachte, während er das schwarze Fell streichelte, daß diese Berührung illusorisch und daß sie wie durch eine Glaswand voneinander getrennt waren; denn der Mensch lebt in der Zeit, in der Sukzession, und das magische Tier in der Gegenwart, in der Ewigkeit des Augenblicks.

Am vorletzten Bahnsteig wartete der Zug. Dahlmann ging durch die Wagen und fand einen, der fast leer war. Er verstaute den Handkoffer im Netz; als die Wagen sich in Bewegung setzten, öffnete er ihn und holte, nach einigem Zögern, den ersten Band von *Tausendundeiner Nacht* heraus. Mit diesem Buch zu reisen, so eng mit der Geschichte seines Mißgeschicks verknüpft, war soviel wie eine Bestätigung, daß dieses Mißgeschick behoben war, und eine heitere und geheime Herausforderung an die gescheiterten Mächte des Bösen.

Zu beiden Seiten des Zuges löste die Stadt sich in Vororte auf; dieser Anblick und dann der der Gärten und Landhäuser zögerten den Beginn der Lektüre hinaus. In Wahrheit las Dahlmann wenig; der Magnetberg und der Dschinn, der geschworen hat, seinen Wohltäter zu töten, waren natürlich wunderbar, aber nicht viel wunderbarer als der Morgen und die Tatsache des Seins. Das Glücksgefühl lenkte ihn von Scheherezade und ihren überflüssigen Wundern ab; Dahlmann schloß das Buch und überließ sich einfach dem Leben.

Das Mittagessen (bei dem die Fleischbrühe in glänzenden Metallschalen serviert wurde, wie in längst vergangenen Sommerfrischen seiner Kindheit) war ein neuer, mit Ruhe und Dankbarkeit hingenommener Genuß.

»Morgen werde ich auf der Estancia erwachen«, dachte er, und es war, als sei er zur selben Zeit zwei Menschen: einer, der durch den Herbsttag, durch die heimatliche Landschaft dahinfuhr, und der andere in einem Sanatorium eingesperrt und planmäßiger Knechtschaft unterworfen. Er sah ungetünchte Backsteinhäuser, langgestreckt und mit vielen Ecken, die ohne Ende nach den vorbeifahrenden Zügen ausschauten; er sah Reiter auf den Erdstraßen; sah Gräben und Lagunen und Vieh; sah breite, leuchtende Wolken, die wie aus Marmor schienen, und all diese Dinge waren zufällig, wie Träume der Ebene. Er glaubte auch Bäume und Feldfrüchte wiederzuerkennen, die er nicht hätte nennen können, da seine unmittelbare Kenntnis des Landes erheblich geringer war als seine nostalgische und literarische Kenntnis.

Irgendwann schlief er ein, und in seinen Träumen war das Vorwärtsdrängen des Zuges. Die unerträglich weiße Sonne des Mittags war die gelbe Sonne, die der Abenddämmerung vorausgeht und bald rot wird. Auch der Wagen war ein anderer; es war nicht mehr der, der den Bahnsteig in Constitución verlassen hatte: Die Ebene und die Stunden hatten ihn durchdrungen und verwandelt. Draußen verlängerte der bewegliche Schatten des Wagens sich bis zum Horizont. Die elementare Erde störten weder Ortschaften noch sonstige Zeichen von Menschen. Alles war weit, aber gleichzeitig vertraut und irgendwie geheim. Auf der ungeheuren Fläche war manchmal nichts als ein Stier. Die Einsamkeit war vollkommen, vielleicht feindlich, und Dahlmann konnte sich einbilden, er fahre in die Vergangenheit, nicht bloß in den Süden. Aus dieser phantastischen Vorstellung riß ihn der Schaffner, der, als er seine Fahrkarte sah, ihn darauf aufmerksam machte, daß der Zug nicht auf der gewohnten Station halten werde, sondern auf einer anderen, etwas früheren, die Dahlmann kaum kannte. (Der Mann fügte eine Erklärung hinzu, die Dahlmann gar nicht zu verstehen, ja nicht einmal zu hören versuchte, da der Mechanismus der Tatsachen ihm nicht wichtig war.)

Der Zug hielt mühsam, fast im freien Feld. Auf der anderen Seite der Geleise lag die Station, die wenig mehr als ein überdachter Bahnsteig war. Es gab dort keinerlei Fahrzeug, aber der Stationsvorsteher meinte, er könne vielleicht eines in dem Laden bekommen, den er ihm angab, etwa anderthalb Kilometer entfernt.

Dahlmann akzeptierte den Spaziergang als kleines Abenteuer. Die Sonne war schon untergegangen, aber ein letzter Glanz ließ die lebendige, schweigende Ebene aufleuchten, bevor die Nacht sie auslöschte. Weniger um sich nicht zu ermüden, als um all dies andauern zu lassen, ging Dahlmann langsam und atmete in feierlichem Glücksgefühl den Kleeduft.

Die Ladenschänke war früher einmal hochrot angestrichen gewesen, aber die Jahre hatten die heftige Farbe vorteilhaft gedämpft. Etwas in ihrer armseligen Architektur erinnerte ihn an einen Stahlstich, vielleicht aus einer alten Ausgabe von *Paul et Virginie*. An den Pfosten davor waren ein paar Pferde gebunden. Drinnen glaubte Dahlmann den Wirt zu erkennen; dann begriff er, daß ihn dessen Ähnlichkeit mit einem der Angestellten des Sanatoriums getäuscht hatte. Der Mann hörte sich den Fall an und sagte, er werde ihm den Korbwagen anspannen lassen; um diesem Tag noch ein weiteres Ereignis hinzuzufügen und um die Zeit auszufüllen, beschloß Dahlmann, in der Ladenschänke zu essen.

An einem Tisch aßen und tranken lärmend ein paar kräftige Burschen, um die Dahlmann sich anfangs nicht kümmerte. Auf dem Boden, gegen den Schanktisch gelehnt, hockte unbeweglich, als sei er bloß ein Ding, ein sehr alter Mann. Die vielen Jahre hatten ihn vermindert und abgeschliffen, wie Wasser einen Stein oder wie Generationen von Menschen ein Sprichwort. Er war dunkel, klein und ausgemergelt und wie außerhalb der Zeit, in einer Ewigkeit. Dahlmann bemerkte mit Befriedigung die Kopfbinde, den groben Flanell-Poncho, die weite *chiripá* und die Gauchostiefel; er erinnerte sich an fruchtlose Diskussionen mit Leuten aus dem Norden oder Entre Ríos und sagte sich wieder einmal, daß es Gauchos wie diesen eben nur noch im Süden gibt.

Dahlmann machte es sich beim Fenster bequem. Die Dunkelheit verschluckte allmählich das Land draußen, aber sein Geruch und seine Geräusche drangen auch jetzt noch durch die Fenstergitter bis zu ihm hin. Der Wirt brachte ihm Sardinen und danach Braten; Dahlmann spülte es mit ein paar Glas Rotwein hinunter. Müßig genoß er den herben Geschmack und ließ seinen schon etwas schläfrigen Blick durch den Raum schweifen. Die Petroleumlampe hing von einem der Balken herunter; die Gäste am anderen Tisch waren zu dritt: zwei sahen aus wie Peones von einer

Farm; der dritte, mit einem stumpfen Eingeborenengesicht, trank mit dem Hut auf dem Kopf. Dahlmann spürte plötzlich, daß etwas leicht sein Gesicht streifte. Neben dem trüben Trinkglas, auf einem der Streifen des Tischtuches, lag ein Kügelchen aus Brotteig. Das war alles, aber irgendwer hatte es nach ihm geworfen.

Die am anderen Tisch schienen sich gar nicht um ihn zu kümmern. Verwirrt beschloß Dahlmann, daß nichts geschehen sei, und öffnete den Band von *Tausendundeine Nacht*, wie um die Wirklichkeit zu verdecken. Nach wenigen Minuten traf ihn ein zweites Kügelchen, und diesmal lachten die Peones. Dahlmann sagte sich, daß er keinerlei Angst fühle, daß es aber eine Torheit wäre, wenn er, als Rekonvaleszent, sich von Unbekannten zu einem zweifelhaften Streit hinreißen ließe. Er beschloß hinauszugehen und war schon aufgestanden, als der Wirt zu ihm trat und ihn mit besorgter Stimme ermahnte:

»Señor Dahlmann, kümmern Sie sich nicht um diese Burschen, die sind schon ziemlich angetrunken.«

Dahlmann wunderte sich gar nicht, daß der andere ihn jetzt auf einmal kannte, aber er fühlte, daß diese beschwichtigenden Worte in Wahrheit die Situation verschlimmerten. Vorher hatte sich die Herausforderung der Peones an ein zufälliges Gesicht gerichtet, eigentlich an niemanden; jetzt ging sie gegen ihn und seinen Namen, und die Nachbarn würden davon erfahren. Dahlmann schob den Wirt zur Seite, stellte sich vor die Peones hin und fragte, was sie wollten.

Der Compadrito mit dem Eingeborenengesicht stand schwankend auf. Nur einen Schritt von Juan Dahlmann entfernt, beschimpfte er ihn schreiend, als stünde er weit weg. Er übertrieb absichtlich seine Betrunkenheit, und diese Übertreibung war Wut und war Hohn. Unter Flüchen und unflätigen Schimpfworten warf er ein langes Messer in die Luft, folgte ihm mit den Augen, fing es und forderte Dahlmann zum Zweikampf auf. Der Wirt wandte mit bebender Stimme ein, daß Dahlmann keine Waffe habe. In diesem Augenblick geschah etwas Unvorhersehbares.

Aus der Ecke warf der alte reglose Gaucho, in dem Dahlmann ein Sinnbild des Südens sah (des Südens, der ihm gehörte), ihm einen blanken Dolch zu, der vor seine Füße fiel. Es war, als habe der Süden beschlossen, daß Dahlmann die Herausforderung annehmen sollte. Dahlmann bückte sich, um den Dolch aufzuheben, und spürte zweierlei. Erstens, daß diese fast instinktive Bewegung ihn zum Kampf verpflichtete. Zweitens, daß die Waffe in seiner ungeschickten Hand nicht zu seiner Verteidigung dienen würde, sondern nur zur Rechtfertigung, getötet zu werden. Er hatte wohl einmal mit einem Dolch gespielt, wie jeder Mann, aber seine Fechterei reichte nicht weiter als bis zu der Kenntnis, daß die Stöße von unten nach oben geführt werden müssen und mit der Schneide nach innen. »Im Sanatorium hätten sie nicht zugelassen, daß mir so etwas geschieht«, dachte er.

»Gehen wir raus«, sagte der andere.

Sie gingen hinaus, und wenn in Dahlmann keine Hoffnung war, so doch auch keine Angst. Als er über die Schwelle trat, fühlte er, daß in der ersten Nacht im Sanatorium, als man ihm die Nadel einstach, es für ihn eine Erlösung gewesen wäre, ein Glück und ein Fest, in einem Messerkampf zu sterben, unter freiem Himmel, im Angriff. Er fühlte, daß – wenn er damals seinen Tod hätte wählen oder erträumen können – es dieser Tod gewesen wäre, den er erwählt oder erträumt hätte.

Mit festem Griff packt Dahlmann das Messer, das er vielleicht nicht einmal zu führen wissen wird, und geht in die Ebene hinaus.

Drei Fassungen von Judas

»There seemed a certainty in degradation.«
T. E. Lawrence: *Seven Pillars of Wisdom*, CIII

In Kleinasien oder in Alexandria, im zweiten Jahrhundert unseres Glaubens, als Basilides verkündete, der Kosmos sei eine verwegene oder verworfene Improvisation fehlerhafter Engel, hätte Nils Runeberg mit einzigartiger intellektueller Leidenschaft einen der gnostischen Konventikel geleitet. Dante hätte ihm vielleicht ein feuriges Grab zudiktiert; sein Name würde die Kataloge kleinerer Ketzer zwischen Satornilos und Karpokrates bereichern; ein Bruchstück aus seinen Predigten, mit Schmähungen geziert, würde im apokryphen *Liber adversus omnes haereses* fortdauern oder wäre untergegangen, als der Brand einer Klosterbibliothek das letzte Exemplar des *Syntagma* vernichtete. Statt dessen beschied Gott ihm das 20. Jahrhundert und die Universitätsstadt Lund. Hier veröffentlichte er im Jahre 1904 die erste Ausgabe von *Kristus och Judas*; hier, im Jahre 1909, sein Hauptwerk *Den hemlige Frälsaren.* (Vom letzteren gibt es eine deutsche Fassung, die im Jahr 1912 Emil Schering besorgte; sie heißt *Der heimliche Heiland.*)

Ehe wir die vorgenannten Arbeiten näher untersuchen, muß wiederholt werden, daß Nils Runeberg, Mitglied der Evangelischen Nationalunion, tief religiös war. In einem Intellektuellenzirkel in Paris oder auch in Buenos Aires könnte ein Literat die Thesen von Runeberg sehr wohl wieder aufgreifen; diese Thesen jedoch, in einem solchen Zirkel vorgetragen, wären leichtfertige und überflüssige Übungen in Gedankenlosigkeit oder Blasphemie. Für Runeberg dagegen waren sie der Schlüssel, der ein zentrales Mysterium der Theologie erschließt; sie waren ihm Stoff für Meditationen und Analyse, für geschichtliche und philologische Kontroversen, für Hochmut, Jubel und Entsetzen. Sie rechtfertigten und zerstörten sein Leben. Wer sich mit diesem Artikel befaßt, muß überdies bedenken, daß er nur die Schlußfolgerungen Runebergs verzeichnet, nicht seine Dialektik und seine Beweise. Jemand wird die Bemerkung machen, daß die Schlußfolgerung sicher vor den »Beweisen« da war. Wer bescheidet sich damit, Beweise für etwas zu suchen, woran er nicht glaubt, oder an dessen Verkündigung ihm nichts liegt?

Die erste Ausgabe von *Kristus och Judas* ist unter den folgenden kategorischen Vorspruch gestellt, dessen Sinngehalt der nämliche Nils Runeberg Jahre später auf ungeheuerliche Weise erweitern sollte: »Nicht nur ein einzelner Zug, sondern alles, was die Überlieferung Judas Ischariot zuspricht, ist falsch« (De Quincey, 1857). In der Nachfolge irgendeines Deutschen hatte De Quincey spekuliert, daß Judas Jesus auslieferte, um ihn zur Erklärung seiner Göttlichkeit zu zwingen und einen weitreichenden Aufstand wider das römische Joch zu entflammen; Runeberg hingegen legt eine Rechtfertigung metaphysischer Art nahe. Geschickt fängt er damit an, den überflüssigen Charakter der Tat des Judas herauszustellen. Er bemerkt (wie Robertson), daß man, um einen Meister zu identifizieren, welcher täglich in der Synagoge predigte und Wundertaten vor Tausenden versammelter Menschen verrichtete, nicht auf den Verrat eines Jüngers angewiesen ist. Dies geschah jedoch. Einen Irrtum in der Heiligen Schrift anzunehmen, ist untragbar; nicht weniger untragbar ist es, im Verlauf des kostbarsten Geschehens der Weltgeschichte eine Zufälligkeit zu akzeptieren. *Ergo*: Der Verrat des Judas war nicht zufällig; er war eine vorbestimmte Tatsache, die in der Ökonomie der Erlösung ihren geheimnisvollen Platz hat. Runeberg fährt fort: Das Wort, da es Fleisch wurde, ging von der Allgegenwart in den Raum, von der Ewigkeit in die Geschichte hinüber, von der grenzenlosen Seligkeit in die Wandelbarkeit und den Tod; um einem derartigen Opfer zu entsprechen, mußte notwendig ein Mensch, in Vertretung aller Menschen, ein gleichwertiges Opfer darbringen. Judas Ischariot war dieser Mensch. Judas als einziger unter den Jüngern erschaute die geheime Gottnatur und das furchtbare Vorhaben Jesu Christi. Das Wort hatte sich zur

Sterblichkeit hinabgelassen; Judas, der Jünger des Wortes, konnte zum Verräter hinabsinken (dem schlimmsten Verbrechen, dessen die Niedertracht fähig ist) und seine Wohnung in jenem Feuer nehmen, das nie erlischt. Die niedere Ordnung ist ein Spiegel der höheren Ordnung; die Formen der Erde entsprechen denen des Himmels; die Flecken auf der Haut sind eine Karte der unvergänglichen Sternbilder; Judas spiegelt auf gewisse Weise Jesus. Daher die dreißig Silberlinge und der Kuß; daher der freiwillige Tod, um der Verdammnis in noch höherem Maße würdig zu werden. So erhellte Nils Runeberg das Rätsel des Judas.

Die Theologen sämtlicher Bekenntnisse widerlegten ihn. Lars Peter Engström zieh ihn der Unkenntnis oder Mißachtung der hypostatischen Einheit; Axel Borelius, daß er die ketzerische Anschauung der Doketen erneuere, die Jesus die Menschennatur absprachen; der eherne Bischof von Lund, daß er Vers 3 in Kapitel 22 des Lukas-Evangeliums widerspreche.

Diese mancherlei Verdammungsurteile hatten Einfluß auf Runeberg, der das verworfene Buch teilweise neu schrieb und seine Lehre abwandelte. Er überließ seinen Gegnern das theologische Feld und führte indirekte Gründe moralischer Art ins Treffen. Er gab zu, daß Jesus, »der über die ansehnlichen Hilfsmittel verfügte, welche die Allmacht an die Hand zu geben vermag«, nicht auf einen einzelnen Menschen angewiesen war, um alle Menschen zu erlösen. Dann wandte er sich gegen jene, die behaupten, daß wir von dem unerklärlichen Verräter nichts wissen; wir wissen, sagt er, daß er einer der Jünger war, einer der Erwählten für die Verkündigung des Himmelreichs, die Heilung von Kranken, die Reinigung von Aussätzigen, die Auferweckung von Toten und die Austreibung von Teufeln (Matthäus 10:7–8; Lukas 9:1). Ein Mann, den der Erlöser derart ausgezeichnet hat, verdient von uns die beste Deutung seines Verhaltens. Sein Verhalten der Begehrlichkeit zuschreiben (wie es einige unter Berufung auf Johannes 12:6 getan haben) heißt, sich mit dem gröbsten Motiv zufriedengeben. Nils Runeberg schlägt das entgegengesetzte Motiv vor: eine übersteigerte und geradezu schrankenlose Askese. Der Asket erniedrigt und tötet das Fleisch zur größeren Ehre Gottes; Judas tat dasselbe mit dem Geist. Er entsagte der Ehre, dem Guten, dem Frieden, dem Himmelreich, so wie andere, weniger heldenhaft, der fleischlichen Lust entsagen.* Er plante mit furchtbarer Hellsichtigkeit seine Verfehlungen voraus. Am Ehebruch sind gewöhnlich Zärtlichkeit und Hingabe beteiligt; am Mord der Mut; an Schändungen und Blasphemie ein gewisser satanischer Glanz. Judas entschied sich für jene Verfehlungen, denen keinerlei Tugend beiwohnt: Vertrauensbruch (Johannes 12:6) und Verrat. Er handelte aus alles überragender Demut, er hielt sich nicht für wert, gut zu sein. Paulus hat geschrieben: »Wer sich rühmt, der rühme sich des Herrn.« (1. Korinther 1:31); Judas trachtete nach der Hölle, weil ihm das Glück des Herrn genug war. Er glaubte, daß die Glückseligkeit, wie das Gute, Attribut des Göttlichen sei, dessen der Mensch sich nicht bemächtigen darf.**

Vielen ist *post factum* aufgefallen, daß bereits in den noch vertretbaren Anfängen Runebergs sein ausschweifendes Ende enthalten, und daß *Den hemlige Frälsaren* nichts anderes ist als eine Perversion oder Zuspitzung von *Kristus och Judas*. Ende 1907 schloß Runeberg die Niederschrift ab und redigierte das Manuskript; fast zwei Jahre vergingen,

* Borelius stellt die spöttische Frage: »Warum entsagte er nicht dem Entsagen? Warum nicht dem Entsagen des Entsagens?«

** Euclydes da Cunha vermerkt in einem Buch, von dem Runeberg keine Kenntnis hatte, daß für den Häresiarchen von Canudos, Antonio Conselheiro, die Tugend »schon fast ein Verstoß wider die Frömmigkeit« war. Der argentinische Leser wird sich ähnlicher Stellen im Werk von Almafuerte entsinnen. Runeberg veröffentlichte in dem symbolischen Blatt ›Sju insegel‹ ein ehrgeiziges beschreibendes Gedicht *Das heimliche Wasser*; die ersten Strophen schildern die Vorfälle eines stürmisch bewegten Tages, die letzten das Auffinden eines vereisten Weihers; der Dichter legt den Gedanken nahe, daß die währende Dauer dieses in Stille versunkenen Weihers unsere fruchtlose Heftigkeit ausgleicht und sie gewissermaßen zuläßt, ihr die Absolution erteilt. Das Gedicht schließt mit den Worten: »Das Wasser dort im Walde ist voll Glück; wir dürfen böse sein und Schmerz erleiden.«

ohne daß er es in Druck gab. Im Oktober 1909 erschien dann das Buch mit einem (bis zur Rätselhaftigkeit lauen) Vorwort des dänischen Hebraisten Erik Erfjord und unter dem folgenden perfiden Motto: »Es war in der Welt, und die Welt ist durch dasselbe gemacht, und die Welt erkannte es nicht« (Johannes 1:10). Das eigentliche Argument ist nicht schwierig, die Schlußfolgerung allerdings ungeheuerlich. Gott, so argumentiert Nils Runeberg, erniedrigte sich und wurde Mensch, um der Erlösung des Menschengeschlechts willen; man darf annehmen, daß das von ihm gewirkte Opfer vollkommen war, weder entwertet noch abgeschwächt durch Auslassungen. Was er erduldete, auf die Agonie eines Nachmittags im Kreuz einzuschränken, ist lästerlich.* Behaupten, daß er Mensch und daß er keiner Sünde fähig war, schließt einen Widerspruch in sich; *impeccabilitas* und *humanitas* sind als Attribute unvereinbar. Kemnitz räumt ein, daß der Erlöser Müdigkeit, Frost, Anfechtung, Hunger und Durst leiden konnte; ebenso muß eingeräumt werden, daß er sündigen und sich verlieren konnte. Die berühmte Schriftstelle: »Denn er schoß auf vor ihm wie ein Reis und wie eine Wurzel aus dürrem Erdreich. Er hatte keine Gestalt noch Schöne; (...) er war der Allerverachtetste und Unwerteste, voller Schmerzen und Krankheit« (Jesajas 53:2–3) gilt vielen als Vorausschau auf den Gekreuzigten in der Stunde seines Todes; für einige (so etwa Hans Lassen Martensen) als eine Widerlegung der Schönheit, die nach allgemeiner Auffassung Christus zugeschrieben wird; für

* Maurice Abramowicz bemerkt: »Jésus, d'après ce scandinave, a toujours le beau rôle; ses déboires, grâce à la science des typographes, jouissent d'une réputation polyglotte; sa résidence de trente-trois ans parmi les humains ne fut, en somme, qu'une villégiature.« Erfjord weist im dritten Anhang der *Christelige Dogmatik* diese Stelle zurück. Er bemerkt, daß Gott nie aufgehört hat, gekreuzigt zu werden, weil das, was einmal geschah, sich in Ewigkeit unaufhörlich wiederholt. Judas empfängt *heute* wie je die dreißig Silberlinge; er küßt Christus; er wirft die Silberlinge in den Tempel; er knüpft die Seilschlinge auf der Richtstätte. (Erfjord beruft sich, um seine Behauptung zu stützen, auf das letzte Kapitel des ersten Bandes der *Rechtfertigung der Ewigkeit* von Jaromir Hladik.)

Runeberg als die peinlich genaue Prophezeiung nicht nur eines Augenblicks, sondern der gesamten gräßlichen Zukunft, die dem fleischgewordenen Wort in Zeit und Ewigkeit bevorsteht. Gott ward voll und ganz Mensch, aber Mensch bis zur Ruchlosigkeit, Mensch bis zur Verworfenheit und zum Abgrund. Zu unserer Errettung konnte er jedes beliebige unter den Schicksalen wählen, aus denen sich das verschlungene Netz der Geschichte webt; er konnte Alexander werden oder Pythagoras oder Rurik oder Jesus; er wählte ein allerniedrigstes Schicksal: Er wurde Judas.

Vergebens boten die Buchhandlungen in Stockholm und in Lund diese Offenbarung feil. Die Ungläubigen erblickten in ihr *a priori* ein albernes, spitzfindiges theologisches Spiel; die Theologen verschmähten sie. Runeberg fühlte in dieser ökumenischen Gleichgültigkeit eine fast wunderbare Bestätigung. Gott gebot diese Gleichgültigkeit; Gott wollte nicht, daß Sein furchtbares Geheimnis auf Erden ruchbar werde. Runeberg begriff, daß die Stunde noch nicht gekommen war. Er fühlte, wie sich um sein Haupt uralte göttliche Verwünschungen zusammenzogen; er dachte an Elias und an Moses, die auf dem Berg ihr Gesicht verhüllten, um Gott nicht zu sehen; an Jesajas, der sich zu Boden warf, als seine Augen Ihn schauten, Dessen Ruhm die Erde erfüllt; an Saul, dessen Augen auf dem Weg nach Damaskus blind wurden; an den Rabbiner Simeon ben Azai, der das Paradies schaute und starb; an den berühmten Hexenmeister Johann von Viterbo, der wahnsinnig wurde, als er die Dreieinigkeit zu sehen vermochte; an die Midrashim, die voll Abscheu sind vor den Frevlern, die das *Shem Hamephorash* aussprechen, den Geheimen Namen Gottes. Hatte er sich vielleicht auch dieses dunklen Verbrechens schuldig gemacht? War dies etwa die Lästerung wider den Geist, die nicht vergeben wird (Matthäus 12:31)? Valerius Soranus starb, weil er den geheimen Namen Roms preisgegeben hatte; welche unendliche Strafe harrte seiner, da er den furchtbaren Namen Gottes entdeckt und preisgegeben hatte?

Trunken von Schlaflosigkeit und schwindelerregender Dialektik irrte Nils Runeberg durch die Straßen von Malmö, laut betend um die Gnade, mit dem Heiland die Hölle teilen zu dürfen.

Er starb am Bruch einer Pulsadergeschwulst, am 1. März 1912. Die Häretikerforschung wird ihm vielleicht ein Gedenken bewahren; er hat dem anscheinend erschöpften Begriff des Sohnes die Verstrickungen des Bösen und des Unheils hinzugefügt.

[1944]

Argumentum ornithologicum

Ich schließe die Augen und sehe einen Vogelschwarm. Die Vision dauert eine Sekunde oder vielleicht kürzer; ich weiß nicht, wieviele Vögel ich gesehen habe. War ihre Zahl bestimmt oder unbestimmt? In dem Problem stellt sich die Frage nach der Existenz Gottes. Wenn Gott existiert, so ist die Zahl bestimmt, weil Gott weiß, wieviele Vögel ich sah. Wenn Gott nicht existiert, ist die Zahl unbestimmt, weil niemand die Vögel nachzählen konnte. In diesem Fall sah ich (sagen wir) weniger als zehn Vögel und mehr als nur einen, aber ich sah nicht neun, acht, sieben, sechs, fünf, vier, drei oder zwei Vögel. Ich sah eine Anzahl zwischen zehn und eins, die weder neun ist noch acht, noch sieben, noch sechs, noch fünf, usw. Diese ganze Zahl ist nicht vorstellbar; *ergo*, Gott existiert.

Die Rose des Paracelsus

De Quincey: *Writings* XIII, 345

In seiner Werkstatt, die die beiden Kellerzimmer umfaßte, bat Paracelsus seinen Gott, seinen unbestimmten Gott, irgendeinen Gott, daß er ihm einen Schüler schicke. Es wurde Abend. Das spärliche Feuer im Kamin warf unregelmäßige Schatten. Aufzustehen, um die Eisenlampe anzuzünden, war zuviel Mühe. Geistesabwesend vor Müdigkeit, vergaß Paracelsus sein Bittgebet. Die Nacht hatte die staubigen Alembiks und den Athanor ausgelöscht, als es an die Tür klopfte. Schläfrig erhob sich der Mann, stieg die kurze Wendeltreppe empor und öffnete einen Türflügel. Ein Unbekannter trat ein. Auch er war sehr müde. Paracelsus wies ihn zu einer Bank; der andere setzte sich und wartete. Eine Zeitlang wechselten sie kein Wort.

Der Meister sprach als erster.

»Ich erinnere mich an Gesichter des Okzidents und an Gesichter des Orients«, sagte er nicht ohne eine gewisse Feierlichkeit. »An deins erinnere ich mich nicht. Wer bist du, und was willst du von mir?«

»Mein Name tut nichts zur Sache«, erwiderte der andere. »Drei Tage und drei Nächte bin ich gewandert, um in dein Haus zu gelangen. Ich möchte dein Schüler sein. Ich habe dir all meinen Besitz mitgebracht.«

Er holte einen Leinenbeutel hervor und entleerte ihn auf den Tisch. Es waren viele Münzen, und sie waren aus Gold. Er tat es mit der rechten Hand. Paracelsus hatte ihm den Rücken gekehrt, um die Lampe anzuzünden. Als er sich umwandte, bemerkte er, daß die Linke eine Rose hielt. Die Rose beunruhigte ihn.

Er lehnte sich zurück, legte die Fingerspitzen aneinander und sagte:

»Du glaubst, ich sei imstande, den Stein zu schaffen, der alle Elemente in Gold verwandelt, und du bietest mir Gold. Es ist nicht Gold, was ich suche, und wenn dir an Gold gelegen ist, wirst du niemals mein Schüler sein.«

»Mir liegt nichts am Gold«, entgegnete der andere. »Diese Münzen sind nichts weiter als ein Beweis meines Arbeitswillens. Ich möchte, daß du mich die Kunst lehrst. Ich möchte an deiner Seite den Weg gehen, der zum Stein führt.«

Paraselsus sagte langsam:

»Der Weg ist der Stein. Der Ausgangspunkt ist der Stein. Wenn du diese Worte nicht begreifst, hast du noch gar nicht angefangen zu begreifen. Jeder Schritt, den du gehst, ist das Ziel.«

Der andere sah ihn mißtrauisch an. Er sagte mit klarer Stimme: »Aber es gibt doch ein Ziel?«

Paracelsus lachte.

»Diejenigen, die mich schmähen und die ebenso zahlreich wie dumm sind, sagen nein und nennen mich einen Hochstapler. Ich gebe ihnen nicht recht, doch ist es nicht ausgeschlossen, daß das ein Irrtum ist. Ich weiß, es ›gibt‹ einen Weg.«

Sie schwiegen, dann sagte der andere:

»Ich bin bereit, ihn mit dir zu gehen, und sollte er viele Jahre in Anspruch nehmen. Laß mich durch die Wüste wandern. Laß mich wenigstens von fern das Land der Verheißung erblicken, auch wenn die Gestirne mir den Eintritt verwehren. Ich begehre einen Beweis, ehe ich mich auf den Weg mache.«

»Wann?« sagte Paracelsus beunruhigt.

»Jetzt sofort«, sagte der Schüler mit jäher Bestimmtheit.

Zunächst hatten sie Latein gesprochen; jetzt Deutsch.

Der junge Mann hob die Rose hoch.

»Es heißt«, sagte er, »du könnest eine Rose verbrennen und sie mit Hilfe deiner Kunst aus der Asche wieder auferstehen lassen. Laß mich Zeuge dieses Wunders sein. Darum bitte ich dich, und danach gehört mein ganzes Leben dir.«

»Du bist sehr leichtgläubig«, sagte der Meister. »Leichtgläubigkeit habe ich nicht nötig; ich verlange Glauben.«

Der andere gab nicht nach.

»Eben weil ich nicht leichtgläubig bin, möchte ich mit eigenen Augen die Vernichtung und Auferstehung der Rose sehen.«

Paracelsus hatte sie ihm abgenommen und spielte mit ihr, während er sprach.

»Du bist leichtgläubig«, sagte er. »Du sagst, ich sei imstande, sie zu vernichten?«

»Niemand ist außerstande, sie zu vernichten«, sagte der Schüler.

»Du täuschst dich. Glaubst du vielleicht, es könne irgend etwas dem Nichts überantwortet werden? Glaubst du, der erste Adam im Paradies hätte eine einzige Blume oder einen Grashalm vernichten können?«

»Wir sind nicht im Paradies«, sagte der junge Mann starrköpfig. »Hier, unter dem Mond, ist alles sterblich.«

Paracelsus war aufgestanden.

»Wo sonst wären wir denn? Glaubst du, daß die Gottheit einen Ort schaffen kann, der nicht das Paradies ist? Glaubst du, daß der Sündenfall etwas anderes ist, als nicht zu wissen, daß wir im Paradies sind?«

»Eine Rose kann verbrennen«, sagte der Schüler trotzig.

»Es ist noch Feuer im Kamin«, sagte Paracelsus. »Wenn du diese Rose auf die Glut wirfst, wirst du glauben, sie verglühe und die Asche sei wirklich. Ich sage dir, daß die Rose ewig ist und daß nur ihre Erscheinung sich ändern kann. Es bedarf einzig eines Wortes von mir, damit du sie von neuem siehst.«

»Eines Wortes?« sagte der Schüler verwundert. »Der Athanor ist erloschen, und die Alembiks sind voller Staub. Was tust du, um sie wiederauferstehen zu lassen?«

Paracelsus sah ihn traurig an.

»Der Athanor ist erloschen«, wiederholte er, »und die Alembiks sind voller Staub. Auf dieser Strecke meiner langen Reise gebrauche ich andere Instrumente.«

»Ich wage nicht zu fragen, welche das sind«, sagte der andere verschlagen oder demütig.

»Ich spreche von dem, was die Gottheit gebrauchte, um Himmel und Erde zu schaffen und das unsichtbare Paradies, in dem wir uns befinden und das uns durch die Erbsünde verborgen ist. Ich spreche von dem Wort, das uns die Wissenschaft der Kabbala lehrt.«

Der Schüler sagte kalt:

»Bitte sei so gnädig, mir das Verschwinden und Wiedererscheinen der Rose zu zeigen. Es ist mir gleichgültig, ob du Brennkolben benutzt oder das Wort.«

Paracelsus überlegte. Schließlich sagte er:

»Wenn ich es täte, würdest du sagen, daß es sich um eine Erscheinung handelt, die dir deine Augen vorzaubern. Das Wunder gäbe dir nicht den Glauben, den du suchst. Laß also die Rose.«

Der junge Mann sah ihn noch immer mißtrauisch an. Der Meister erhob die Stimme und sagte:

»Außerdem, wer bist du denn, ins Haus eines Meisters einzudringen und von ihm ein Wunder zu verlangen? Was hast du geleistet, um eine solche Gabe zu verdienen?«

Der andere antwortete unsicher:

»Ich weiß schon, daß ich nichts geleistet habe. Ich bitte dich im Namen der vielen Jahre, die ich lernend in deinem Schatten verbringen werde, daß du mir die Asche und danach die Rose zeigst. Um weiteres bitte ich dich nicht. Ich glaube dem, was meine Augen mir bezeugen.«

Jäh nahm er die rote Rose, die Paracelsus auf dem Pult hatte liegen lassen, und warf sie in die Flammen. Die Farbe verlosch, und übrig blieb nur ein wenig Asche. Einen unendlichen Augenblick lang hoffte er auf die Worte und das Wunder.

Paracelsus war gelassen geblieben. Mit sonderbarer Schlichtheit sagte er:

»Alle Ärzte und alle Apotheker Basels behaupten, daß ich ein Schwindler bin. Vielleicht haben sie recht. Dort ist die Asche, die Rose war und nicht wieder sein wird.«

Der junge Mann empfand Scham. Paracelsus war ein Scharlatan oder ein bloßer Phantast, und er, der Eindringling, war in sein Haus gekommen und hatte ihn nunmehr genötigt zuzugeben, daß seine berühmten magischen Künste eitel waren.

Er kniete nieder und sagte:

»Ich habe unverzeihlich gehandelt. Es fehlte mir der Glaube, den der Herr von den Gläubigen verlangt hat. Laß mich weiter die Asche sehen. Ich kehre zurück, wenn ich stärker bin, und dann werde ich dein Schüler sein und am Ende des Wegs die Rose sehen.«

Er sprach mit wahrer Leidenschaft, doch diese Leidenschaft war das Mitleid, das ihm der alte, so verehrte, so umworbene, so illustre und darum so hohle Meister einflößte. Wer war er, Johannes Grisebach, mit frevelhafter Hand zu enthüllen, daß hinter der Maske niemand war?

Ihm die Goldmünzen dazulassen, wäre ein Almosen gewesen. Beim Hinausgehen nahm er sie wieder an sich. Paracelsus begleitete ihn zum Fuß der Treppe und sagte, daß er in diesem Haus jederzeit willkommen wäre. Beide wußten, daß sie einander nicht wiedersehen würden.

Paracelsus blieb allein. Bevor er die Lampe löschte und sich in den ermatteten Sessel niederließ, nahm er das feine Häufchen Asche in die hohle Hand und sagte mit leiser Stimme ein Wort. Die Rose erstand aufs neue.

Shakespeares Gedächtnis

Es gibt Anhänger Goethes, der *Eddas* und des verspäteten *Nibelungenlieds*; mein Los war Shakespeare. Er ist es noch immer, aber auf eine Art, die keiner hätte vorhersehen können, außer einem einzigen Mann, Daniel Thorpe, der nun in Pretoria gestorben ist. Es gibt noch einen; dessen Gesicht habe ich nie gesehen.

Ich bin Hermann Soergel. Der neugierige Leser mag meine *Shakespeare-Chronologie* durchgeblättert haben, die mir einmal zum rechten Verständnis der Texte nötig schien und die in mehrere Sprachen übersetzt wurde, so auch ins Spanische. Möglicherweise entsinnt er sich auch einer langwierigen Polemik über eine gewisse Verbesserung, die Theobald in seine Kritische Ausgabe von 1734 einschob und die seither unbestrittener Teil des Kanons ist. Heute überrascht mich der grobe Ton jener beinahe fremden Seiten. Um 1914 verfaßte ich (ohne sie drucken zu lassen) eine Studie über die zusammengesetzten Wörter, die der Hellenist und Dramatiker George Chapman für seine Homer-Übersetzungen prägte und die das Englische - ohne daß er dies hätte vermuten können - zu seinem angelsächsischen Ursprung zurückführen. Ich hätte nie gedacht, daß mir seine Stimme, die ich nun vergessen habe, vertraut sein könnte... Ein mit Initialen unterzeichneter Sonderdruck vervollständigt, glaube ich, meine literarische Biographie. Ich weiß nicht, ob es zulässig ist, eine unveröffentlichte Übersetzung von *Macbeth* anzuführen, die ich unternahm, um nicht mehr an den Tod meines Bruders Otto Julius zu denken, der 1914 an der Westfront fiel. Ich schloß sie nicht ab; ich begriff, daß das Englische den Vorzug hat, über zwei Register zu verfügen - das Germanische und das Romanische -, während sich unser Deutsch trotz seiner schöneren Musik auf ein einziges beschränken muß.

Ich habe bereits Daniel Thorpe erwähnt. Major Barclay stellte ihn mir vor, bei einem gewissen Shakespeare-Kongreß. Ich werde weder Ort noch Datum nennen; ich weiß zu gut, daß derlei Genauigkeiten in Wahrheit vage sind.

Wichtiger als Daniel Thorpes Gesicht, das zu vergessen meine partielle Blindheit mir hilft, war sein notorisches Unglück. Nach langen Jahren kann einer vieles simulieren, nicht jedoch Glück. Auf eine nahezu physische Art verströmte Daniel Thorpe Melancholie.

Nach einer langen Sitzung fand uns die Nacht in irgendeiner Schänke. Um uns in England zu fühlen (wo wir längst waren), tranken wir laues schwarzes Bier aus rituellen Zinnkrügen.

»Im Punjab«, sagte der Major, »hat man mir einen Bettler gezeigt. Die islamische Überlieferung schreibt König Salomon einen Ring zu, der ihn die Sprache der Vögel verstehen ließ. Angeblich hatte der Bettler den Ring in seinem Besitz. Der Wert war so unschätzbar, daß er ihn nie verkaufen konnte, und gestorben ist er in einem der Höfe der Wazir-Khan-Moschee von Lahore.«

Ich überlegte, daß Chaucer die Geschichte von dem wunderbaren Ring bereits gekannt hatte; dies laut zu sagen, hätte aber Barclays Anekdote verdorben.

»Und der Ring?« fragte ich.

»Ist verlorengegangen, wie das bei magischen Objekten so ist. Vielleicht ist er heute in einer Nische der Moschee versteckt oder in der Hand eines Menschen, der an einem Ort ohne Vögel lebt.«

»Oder wo es so viele gibt«, sagte ich, »daß man nicht auseinanderhalten kann, was sie sagen. – Ihre Geschichte, Barclay, hat etwas von einer Parabel.«

An dieser Stelle ergriff Daniel Thorpe das Wort. Er tat es unpersönlich, ohne uns anzusehen. Er sprach das Englische ein wenig seltsam aus, was ich einem langen Aufenthalt im Orient zuschrieb.

»Sie ist keine Parabel«, sagte er, »und wenn, dann entspricht sie der Wahrheit. Manche Dinge haben einen so unschätzbaren Wert, daß sie nicht zu verkaufen sind.«

Die Wörter, die ich zu rekonstruieren versuche, beeindruckten mich weniger als die Überzeugung, mit der Daniel

Thorpe sie sagte. Wir dachten, er werde weitersprechen, aber er schwieg plötzlich, als ob er etwas bereute. Barclay verabschiedete sich. Thorpe und ich gingen zusammen zum Hotel zurück. Es war schon sehr spät, aber er schlug mir vor, die Plauderei in seinem Zimmer fortzuführen. Nach einigen Nebensächlichkeiten sagte er:

»Ich biete Ihnen den Ring des Königs an. Natürlich handelt es sich um eine Metapher, aber was diese Metapher verhüllt, ist nicht weniger wunderbar als der Ring. Ich biete Ihnen Shakespeares Gedächtnis, von den ältesten Tagen der Kindheit bis zu denen von Anfang April 1616.«

Ich brachte kein Wort hervor. Es war, als böte man mir das Meer.

Thorpe fuhr fort: »Ich bin kein Schwindler. Ich bin nicht wahnsinnig. Ich bitte Sie, erst zu urteilen, wenn Sie mich zu Ende angehört haben. Der Major wird Ihnen gesagt haben, daß ich Militärarzt bin, oder war. Die Geschichte ist mit wenigen Worten erzählt. Sie beginnt im Orient, in einem Feldlazarett, im Morgengrauen. Das genaue Datum ist unwichtig. Mit seinen letzten Worten hat mir ein Gemeiner, Adam Clay, den zwei Gewehrkugeln getroffen hatten, kurz vor dem Ende das kostbare Gedächtnis angeboten. Todeskampf und Fieber sind erfinderisch; ich habe das Angebot angenommen, ohne daran zu glauben. Außerdem ist nach einem Kampfeinsatz nichts mehr seltsam. Er hatte kaum noch Zeit, mir die eigenartigen Bedingungen des Geschenks zu erklären. Wer es besitzt, muß es laut anbieten, der andere muß es laut annehmen. Wer es gibt, verliert es für immer.«

Der Name des Soldaten und die pathetische Übergabe-Szene schienen mir literarisch, im schlechten Sinne des Wortes. Ein wenig eingeschüchtert, fragte ich ihn: »Sie haben also jetzt Shakespeares Gedächtnis?«

Thorpe erwiderte: »Noch besitze ich zwei Gedächtnisse. Mein eigenes und das jenes Shakespeare, der ich teilweise bin. Besser gesagt, zwei Gedächtnisse besitzen mich. Es gibt einen Bereich, in dem sie sich vermischen. Es gibt da das Gesicht einer Frau; ich weiß nicht, aus welchem Jahrhundert.«

Ich fragte ihn: »Was haben Sie mit Shakespeares Gedächtnis gemacht?«

Er schwieg einen Moment. Dann sagte er: »Ich habe eine Roman-Biographie geschrieben, der die Geringschätzung der Kritik beschieden war und ein gewisser finanzieller Erfolg in den Vereinigten Staaten und den Kolonien. Ich glaube, das ist alles. Ich habe Sie ja gewarnt; mein Geschenk ist keine Sinekure. Ich warte immer noch auf Ihre Antwort.«

Ich überlegte. Hatte ich denn nicht mein Leben, ebenso farblos wie seltsam, der Suche nach Shakespeare geweiht? Wäre es nicht gerecht, wenn ich ihn am Ende meines Tagewerks fände?

Ich sagte, wobei ich jedes Wort sorgsam artikulierte:

»Ich nehme Shakespeares Gedächtnis an.«

Zweifellos geschah etwas, aber ich spürte es nicht.

Kaum ein Anflug von Müdigkeit, vielleicht eingebildet.

Ich weiß noch genau, daß Thorpe mir sagte:

»Das Gedächtnis ist schon in Ihr Bewußtsein eingegangen, aber Sie müssen es noch entdecken. Es wird in den Träumen auftauchen, im Wachen, wenn Sie in einem Buch blättern oder um eine Ecke biegen. Verlieren Sie nicht die Geduld; erfinden Sie keine Erinnerungen. Der Zufall mag Ihnen günstig sein oder Sie warten lassen, seiner geheimnisvollen Gepflogenheit gemäß. In dem Maß, in dem ich vergesse, werden Sie sich erinnern. Eine Frist kann ich Ihnen nicht versprechen.«

Den Rest der Nacht verbrachten wir mit einer Diskussion über den Charakter Shylocks. Ich verzichtete darauf zu erfragen, ob Shakespeare persönlichen Umgang mit Juden gehabt habe. Ich wollte nicht, daß Thorpe meinte, ich unterzöge ihn einer Prüfung. Ich stellte fest – ich weiß nicht, ob erleichtert oder beunruhigt –, daß seine Meinungen ebenso akademisch und konventionell waren wie meine.

Trotz der vorangegangenen Wache konnte ich in der nächsten Nacht kaum schlafen. Wie so oft entdeckte ich, daß ich ein Feigling bin. Aus Angst davor, betrogen worden zu sein, gab ich mich keiner großen Hoffnung hin. Ich wollte glauben, Thorpes Geschenk sei illusorisch. Unwiderstehlich setzte sich die Hoffnung durch. Shakespeare würde mein sein, wie niemand je einem gehört hatte, weder in Liebe noch in Freundschaft noch auch in Haß. Irgendwie würde ich Shakespeare sein. Ich würde weder die Tragödien schreiben noch die vielschichtigen Sonette, mich aber des Moments entsinnen, da mir die Hexen offenbart worden waren, die auch die Parzen sind, und jenes anderen Moments, in dem mir diese gewaltigen Zeilen gegeben wurden:

And shake the yoke of inauspicious stars
From this worldweary flesh.

An Anne Hathaway würde ich mich erinnern wie an jene andere reife Frau, die mich vor so vielen Jahren in einer Wohnung in Lübeck die Liebe gelehrt hatte. (Ich versuchte, mich an sie zu erinnern, und konnte mich nur auf die Tapeten besinnen - sie waren gelb - und die Helligkeit vom Fenster her. Dieser erste Fehlschlag hätte mich auf die weiteren vorbereiten müssen.)

Ich war sicher gewesen, die Bilder des wundersamen Gedächtnisses würden vor allem visuell sein. Das war nicht der Fall. Tage später, beim Rasieren, sprach ich vor dem Spiegel einige Wörter, die mich verblüfften; ein Kollege sagte mir, sie seien aus Chaucers *A. B. C.* Eines Abends, als ich das Britische Museum verließ, pfiff ich eine sehr schlichte Melodie, die ich nie gehört hatte.

Der Leser wird bereits die Gemeinsamkeiten dieser ersten Offenbarungen eines Gedächtnisses bemerkt haben, das trotz der Pracht einiger Metaphern eher auditiv war denn visuell.

De Quincey behauptet, das menschliche Gehirn sei ein Palimpsest. Jede neue Schrift überdeckt die vorige und wird von der folgenden verdeckt, aber das allmächtige Gedächtnis kann jeden noch so flüchtigen Eindruck exhumieren, wenn man es ausreichend stimuliert. Geht man von seinem Testament aus, so gab es in Shakespeares Haus kein einziges Buch, nicht einmal die Bibel, aber jeder weiß, mit welchen Werken er sich häufig befaßte. Chaucer, Gower, Spenser, Christopher Marlowe, Holinsheds Chronik, der Montaigne von Florio, der Plutarch von North. Latent besaß ich Shakespeares Gedächtnis; die Lektüre – das heißt, die erneute Lektüre – dieser alten Bände sollte das Stimulans sein, das ich suchte. Ich las auch die Sonette von neuem, sein unmittelbarstes Werk. Hin und wieder fand ich die Erklärung oder die vielen Erklärungen. Gute Verse verlangen danach, laut gelesen zu werden; nach wenigen Tagen gelangte ich ohne Mühe zum harten *r* und den offenen Vokalen des 16. Jahrhunderts.

In der *Zeitschrift für Germanische Philologie* schrieb ich, das Sonett 127 beziehe sich auf die denkwürdige Niederlage der Unbesiegbaren Armada. Ich erinnerte mich nicht daran, daß Samuel Butler bereits 1889 diese These aufgestellt hatte.

Ein Besuch in Stratford-on-Avon war fruchtlos, wie zu erwarten.

Dann begann die allmähliche Umformung meiner Träume. Mir wurden keine prächtigen Albträume zuteil wie De Quincey, noch fromme allegorische Visionen nach Art seines Meisters Jean Paul. Unbekannte Gesichter und Räume drangen in meine Nächte. Das erste Gesicht, das ich identifizierte, war das von Chapman; später das von Ben Jonson und das eines Nachbarn des Dichters, der in den Biographien nicht erwähnt wird, mit dem Shakespeare aber oft verkehrte.

Wer eine Enzyklopädie erwirbt, erwirbt nicht jede Zeile, jeden Abschnitt, jede Seite und jeden Strich; er erwirbt die bloße Möglichkeit, das eine oder andere davon kennenzulernen. Wenn dies schon bei einem konkreten und, dank der alphabetischen Abfolge der Teile, relativ einfachen Gegenstand so ist, wie soll es da mit einem abstrakten und variablen Wesen sein, *ondoyant et divers*, wie dem magischen Gedächtnis eines Toten?

Niemandem ist es gegeben, in einem einzigen Moment die Fülle seiner Vergangenheit zu erfassen. Weder Shakespeare, soweit ich weiß, noch mir, der ich sein Teil-Erbe war, wurde diese Gabe gewährt. Augustinus spricht, wenn ich mich nicht irre, von den Palästen und Höhlen der Erinnerung. Die zweite Metapher ist treffender. In diese Höhlen drang ich ein.

Wie unseres umfaßte Shakespeares Gedächtnis Zonen, große Zonen des Schattens, von ihm absichtlich verdrängt. Nicht ohne gewisse Empörung erinnerte ich mich, daß Ben Jonson ihn lateinische und griechische Hexameter rezitieren ließ und daß sich das Gehör, Shakespeares unvergleichliches Ohr, oft bei einer Quantität irrte, unter dem Hohngelächter der Kollegen.

Ich erfuhr Zustände von Glück und Schatten, die die gewöhnliche Erfahrung des Menschen überschritten. Ohne daß ich es gewußt hätte, hatte mich die lange, lernbeflissene Einsamkeit vorbereitet, das Wunder gierig aufzunehmen.

Nach etwa dreißig Tagen belebte mich das Gedächtnis des Toten. Eine ganze Woche voll seltsamer Seligkeit glaubte ich beinahe, Shakespeare zu sein. Das Werk erneuerte sich für mich. Ich weiß, daß für Shakespeare der Mond weniger der Mond war als Diana, und weniger Diana als jenes dunkle, weilende Wort *moon*. Ich notiere eine weitere Entdeckung. Shakespeares scheinbare Nachlässigkeiten, jene *absences dans l'infini*, von denen Hugo entschuldigend spricht, waren beabsichtigt. Shakespeare nahm sie hin - oder schob sie ein -, damit sein für die Bühne gedachter Text spontan wirke und nicht allzu glatt und gekünstelt. Der gleiche Grund bewegte ihn dazu, seine Metaphern zu vermischen:

... my way of life
Is fall'n into the sear, the yellow leaf.

Eines Morgens entdeckte ich eine Schuld auf dem Grunde seines Gedächtnisses. Ich will nicht versuchen, sie zu präzisieren; das hat Shakespeare für ewig getan. Es mag die Erklärung genügen, daß diese Schuld nichts mit Perversion gemein hat.

Ich begriff, daß die drei Fakultäten der menschlichen Seele - Gedächtnis, Verstand und Wille - keine Fiktion der Scholastik sind. Shakespeares Gedächtnis konnte mir nur Shakespeares Lebensumstände offenbaren. Natürlich machen diese nicht die Einzigartigkeit des Dichters aus; es zählt das Werk, das er mit diesem hinfälligen Stoff ausführte.

Naiv hatte ich mir, wie Thorpe, eine Biographie vorgenommen. Ich entdeckte bald, daß dieses literarische Genre schriftstellerische Qualitäten fordert, die gewiß nicht die meinen sind. Ich kann nicht erzählen. Ich kann meine eigene Geschichte nicht erzählen, und die ist kaum ungewöhnlicher als die Shakespeares. Außerdem wäre ein solches Buch unnütz. Zufall oder Schicksal gaben Shakespeare die schrecklichen trivialen Dinge, die jeder Mensch kennt; er verstand es, sie in Fabeln zu verwandeln, in Personen, die viel lebendiger sind als der graue Mann, der sie träumte, in Verse, die die Generationen nicht aufgeben werden, in Wortmusik. Wozu dieses Netz aufknüpfen, wozu diesen Turm untergraben, wozu Klang und Tosen von *Macbeth* auf die bescheidenen Proportionen einer dokumentarischen Biographie oder eines realistischen Romans reduzieren?

Goethe stellt bekanntlich Deutschlands offiziellen Kult dar; intimer ist der Shakespeare-Kult, zu dem wir uns nicht ohne Nostalgie bekennen. (In England stellt Shakespeare, der den Engländern so fern steht, den offiziellen Kult dar; Englands Buch ist die Bibel.)

Auf der ersten Etappe des Abenteuers empfand ich das Glück, Shakespeare zu sein; auf der letzten Bedrückung und Entsetzen. Zu Beginn vermischten sich die Wässer der beiden Gedächtnisse nicht. Shakespeares großer Strom bedrohte – und vernichtete beinahe – mit der Zeit meinen bescheidenen Bach. Mit Schrecken bemerkte ich, daß ich die Sprache meiner Väter zu vergessen begann. Und da die persönliche Identität auf dem Gedächtnis beruht, fürchtete ich um meinen Verstand.

Meine Freunde kamen mich besuchen; es verblüffte mich, daß sie nicht wahrnahmen, daß ich in der Hölle war.

Ich begann, die alltägliche Umwelt nicht mehr zu verstehen. An einem bestimmten Morgen verlor ich mich zwischen großen Formen aus Eisen, Holz und Glas. Pfiffe und Geschrei betäubten mich. Erst nach einem Moment, der mir unendlich schien, erkannte ich die Maschinen und Waggons des Bahnhofs von Bremen. Mit dem Verstreichen der Jahre ist jeder Mensch verpflichtet, die wachsende Last seines

Gedächtnisses zu ertragen. Mich erdrückten zwei, die sich zuweilen vermischten: meines und das des anderen, unmitteilbar.

Alle Dinge wollen in ihrem Sein verharren, hat Spinoza geschrieben. Der Stein will ein Stein sein, der Tiger ein Tiger; ich wollte wieder Hermann Soergel sein.

Ich habe das Datum vergessen, an dem ich beschloß, mich zu befreien. Ich fand die einfachste Methode. Aufs Geratewohl wählte ich Telefonnummern. Kinder- und Frauenstimmen antworteten. Ich bedachte, daß es meine Pflicht sei, sie zu respektieren. Endlich kam ich an die kultivierte Stimme eines Mannes. Ich sagte zu ihm:

»Willst du Shakespeares Gedächtnis haben? Ich weiß, daß das, was ich dir anbiete, sehr schwerwiegend ist. Überleg es dir gut.«

Eine ungläubige Stimme antwortete: »Das Risiko will ich eingehen. Ich nehme Shakespeares Gedächtnis an.«

Ich erklärte die Bedingungen des Geschenks. Paradoxerweise fühlte ich gleichzeitig Sehnsucht nach dem Buch, das ich hätte schreiben sollen und das zu schreiben mir verwehrt war, und die Furcht, daß mein Gast, das Gespenst mich nie verlassen würde.

Ich hängte den Hörer ein und wiederholte, wie eine Hoffnung, diese resignierenden Wörter:

Simply the thing I am shall make me live.

Ich hatte mir Verfahren ausgedacht, um das uralte Gedächtnis zu erwecken; ich mußte andere finden, um es zu tilgen. Eines der vielen war das Studium der Mythologie von William Blake, Swedenborgs aufsässigem Jünger. Ich stellte fest, daß sie weniger komplex war denn verwickelt.

Dieser und andere Wege waren nutzlos; alle brachten mich zu Shakespeare.

Schließlich fand ich die einzige Lösung, das Warten auszufüllen: die strenge, weitläufige Musik: Bach.

PS 1924: Ich bin wieder ein Mensch unter den Menschen. Im Wachen bin ich der emeritierte Professor Hermann

Soergel, hantiere mit einem Zettelkasten und verfasse gelehrte Bagatellen, aber im Morgengrauen weiß ich, manchmal: Der träumt, ist der andere. Abends überraschen mich hin und wieder kleine flüchtige Erinnerungen, die vielleicht authentisch sind.

Das unerbittliche Gedächtnis

Ich erinnere mich an ihn (freilich habe ich nicht das Recht, dieses heilige Verb auszusprechen; nur ein Mensch auf Erden hatte das Recht dazu, und dieser Mensch ist tot), in seiner Hand eine dunkle Passionsblume, die er so sah, wie noch nie ein Mensch sie gesehen hat, wenn er sie auch vom Morgengrauen bis zur Abenddämmerung, ein ganzes Leben lang, betrachtete. Ich erinnere mich an ihn, mit seinem schweigsamen, indianisch geschnittenen, einzigartig *fernen* Gesicht hinter der Zigarette. Ich erinnere mich (glaube ich) an seine schmalen Lederflechterhände. Ich erinnere mich an ein Mategefäß mit dem Wappen von Uruguay nahe bei diesen Händen; ich erinnere mich an eine gelbe Schilfmatte mit einer verschwommenen Seelandschaft darauf, am Fenster des Hauses. Deutlich erinnere ich mich an seine Stimme; die langsame, verdrossene, nasale Stimme des alten Stadtrandbewohners, ohne die heutigen italienischen Zischlaute. Mehr als dreimal habe ich ihn nicht gesehen, zuletzt 1887... Es scheint mir ein glücklicher Plan, daß alle, die mit ihm Umgang hatten, über ihn schreiben sollen; mein Zeugnis wird vielleicht das kürzeste und zweifellos das kümmerlichste, aber nicht das am wenigsten unparteiische des Bandes sein, den Sie herausgeben werden. Zu meinem Unglück bin ich Argentinier; das verbietet mir, ins Dithyrambische zu verfallen, das in Uruguay obligatorisch ist, wenn ein uruguayisches Thema in Frage steht: *Intellektueller*, *Schnüffler*, *Städter* – gewiß hat mich Funes nie mit dergleichen Schimpfworten bedacht, aber mir ist nur allzu bewußt, daß ich in seinen Augen der Inbegriff dieser Gebrechen war. Pedro Leandro Ipuche hat geschrieben, Funes sei ein Vorläufer der Übermenschen gewesen, »ein unbändiger bodenständiger Zarathustra«; ich will das nicht bestreiten, aber man sollte doch nicht übersehen, daß er auch ein Compadrito aus Fray Bentos war, mit gewissen unverbesserlichen Grenzen.

Meine erste Erinnerung an Funes ist sehr deutlich. Ich sehe ihn in einer Abenddämmerung im März oder Februar des Jahres 84. Mein Vater hatte mich in diesem Jahr zur Sommerfrische nach Fray Bentos mitgenommen. Ich kam mit meinem Vetter Bernardo Haedo von der Estancia San Francisco zurück – zu Pferd, singend, doch war dies nicht der einzige Grund für mein Glücksgefühl. Nach einem drückend schwülen Tag hatte ein ungeheures, schieferfarbenes Unwetter den Himmel verdeckt. Der Südwind trieb es voran – schon begannen die Bäume, toll zu werden; ich fürchtete (hoffte), daß der Wolkenbruch uns auf freiem Feld überraschen würde. Wir lieferten uns mit dem Sturm eine Art Wettrennen. Wir kamen in eine Gasse, die zwischen zwei sehr hohen Ziegelborden tief eingeschnitten war. Jäh war es dunkel geworden; ich hörte eilige und fast verstohlene Schritte über uns – ich hob die Augen und sah einen Jungen, der auf dem schmalen brüchigen Weg dahinlief wie auf einer schmalen brüchigen Mauer. Ich erinnere mich an die Pumphosen, die Hanfschuhe, erinnere mich an die Zigarette in dem harten Gesicht vor der schon grenzenlosen Gewitterwand. Bernardo rief ihm unversehens zu: »Wieviel Uhr ist es, Ireneo?« Ohne nach dem Himmel zu sehen, ohne stehen zu bleiben, erwiderte der andere: »In vier Minuten acht, junger Herr Bernardo Juan Francisco.« Die Stimme war scharf und spöttisch.

Ich bin so zerstreut, daß mir der Dialog, den ich da wiedergegeben habe, sicher nicht aufgefallen wäre, hätte ihn nicht mein Vetter breitgetreten; wie ich glaube, aus einem gewissen Lokalstolz und um mir zu zeigen, wie wenig er sich aus der dreigeteilten Antwort des anderen machte.

Er erzählte mir, der Junge aus der Gasse sei ein gewisser Ireneo Funes, bekannt für einige Schrullen; so gebe er sich mit niemandem ab und wisse immer die genaue Zeit, wie eine Uhr. Er fügte hinzu, er sei der Sohn einer Büglerin aus dem Dorf, Maria Clementina Funes, und manche behaupteten, sein Vater sei ein Arzt aus der Fleischkonservenfabrik, ein Engländer mit Namen O'Connor; andere, er sei ein Zureiter oder Fährtensucher aus dem Bezirk Salto. Er lebte mit seiner Mutter nahe beim Haus der Laureles.

In den Jahren 85 und 86 verbrachten wir die Sommerferien in Montevideo. Im Jahre 87 kam ich wieder nach Fray Bentos. Selbstverständlich erkundigte ich mich nach allen Bekannten und schließlich auch nach dem »chronometrischen Funes«. Ich erfuhr, ein halb zugerittenes Pferd auf der Estancia San Francisco habe ihn abgeworfen, und er sei nun hoffnungslos gelähmt. Ich erinnere mich an das Gefühl einer unbehaglichen Magie, das diese Nachricht in mir hervorrief: Beim einzigen Mal, als ich ihn gesehen hatte, kamen wir zu Pferd von San Francisco, und er ging an erhöhter Stelle; aus dem Munde meines Vetters Bernardo hatte das Ganze für mich viel von einem Traum, der aus älteren Elementen zusammengesetzt war. Man erzählte mir, daß er sich nicht von seinem Feldbett rühre, die Augen fest auf den Feigenbaum des Hinterhofes oder auf ein Spinngewebe gerichtet. An den Abenden erlaubte er, daß man ihn ans Fenster brachte. Er trieb den Hochmut so weit, so zu tun, als sei der Schlag, der ihn getroffen hatte, eine Wohltat gewesen... Zweimal sah ich ihn hinter dem Fenstergitter, das seinen Zustand des ewigen Gefangenen plump unterstrich: das eine Mal unbeweglich, mit geschlossenen Augen – das andere Mal ebenso unbeweglich, ganz versunken in die Betrachtung eines blühenden Santonica-Zweiges.

Nicht ohne eine gewisse Eitelkeit hatte ich zu der Zeit mit dem methodischen Studium des Lateinischen begonnen. Mein Handkoffer enthielt *De viris illustribus* von Lhomond, den *Thesaurus* von Quicherat, die Kommentare des Julius Caesar und einen einzelnen Band der *Naturalis historia* des Plinius, der meine bescheidenen Lateinkenntnisse überstieg (und noch übersteigt). In einem kleinen Ort spricht sich alles herum; Ireneo in seinem Haus am Ortsrand erfuhr sehr bald vom Eintreffen dieser anomalen Bücher. Er richtete einen blumigen und förmlichen Brief an mich, in dem er an unser bedauerlicherweise flüchtiges Zusammentreffen »am siebenten Februar des Jahres vierundachtzig« erinnerte, die ruhmvollen Dienste erwähnte, die Don Gregorio Haedo, mein in diesem Jahr verstorbener Onkel, »den beiden Vaterländern am tapferen Kampftag von

Ituzaingó geleistet« habe und mich bat, ihm irgendeinen der Bände zu leihen, begleitet von einem Wörterbuch, »zum besseren Verständnis des Originaltextes, da ich des Lateinischen noch nicht mächtig bin«. Er versprach, sie in gutem Zustand und fast umgehend zurückzugeben. Die Schrift war tadellos, die Buchstaben fein gezogen; die Orthographie war, wie Andrés Bello sie dekretierte: *i* statt *y*, *j* statt *g*. Zuerst fürchtete ich natürlich einen Streich. Meine Vettern versicherten mir, das sei es gewiß nicht – so etwas sehe Ireneo ganz ähnlich. Ich wußte nicht, sollte ich die Vorstellung, daß das schwierige Latein nichts als ein Wörterbuch verlange, seiner Frechheit, Unwissenheit oder Dummheit zuschreiben; um ihn gründlich zu ernüchtern, schickte ich ihm den *Gradus ad Parnassum* von Quicherat und das Werk des Plinius.

Am 14. Februar bekam ich ein Telegramm aus Buenos Aires: Ich solle sofort zurückkommen, da es meinem Vater »gar nicht gut« gehe. Gott verzeihe mir; der rühmliche Umstand, Empfänger eines dringenden Telegrammes zu sein, das Verlangen, allen Leuten in Fray Bentos den Widerspruch zwischen der negativen Form der Nachricht und dem dringlichen »gar nicht« mitzuteilen, die Versuchung, meinen Schmerz zu dramatisieren, indem ich einen mannhaften Stoizismus zur Schau trug, lenkten mich vielleicht von jeder Möglichkeit des Kummers ab. Als ich meinen Koffer packte, bemerkte ich, daß der *Gradus* und der Band der *Naturalis historia* fehlten. Die *Saturno* lief am nächsten Morgen aus; abends nach dem Essen machte ich mich auf den Weg zu Funes' Haus. Es verblüffte mich, daß die Nacht ebenso drückend war wie der Tag.

In dem bescheidenen Haus empfing mich die Mutter von Funes.

Sie sagte mir, Ireneo sei hinten im Hof im letzten Zimmer, und ich solle mich nicht wundern, ihn im Dunkeln zu finden, denn Ireneo wisse die leeren Stunden ohne Kerzenlicht hinzubringen. Ich überquerte den mit Fliesen belegten Hof, den kleinen Gang; ich kam zum zweiten Hof. Dort war eine Weinlaube; die Dunkelheit mochte mir vollkommen scheinen. Plötzlich hörte ich Ireneos laute spöttische Stimme. Diese Stimme sprach Lateinisch; diese Stimme (die aus der Finsternis kam) sagte mit lässigem Genuß eine Rede, ein Gebet oder einen Gesang auf. Die römischen Silben hallten im Hof aus gestampftem Lehm wider; meiner Furcht schienen sie unentzifferbar, ohne Ende; später, während des ungeheuren Dialogs dieser Nacht, erfuhr ich, daß sie im 1. Abschnitt des 24. Kapitels des 7. Buchs der *Naturalis historia* standen. Thema dieses Kapitels ist das Gedächtnis; die letzten Worte waren *»ut nihil non iisdem verbis redderetur auditum«*.

Ohne die Stimme im mindesten zu verändern, sagte Ireneo, ich solle eintreten. Er lag auf dem Feldbett und rauchte. Mir ist, als hätte ich sein Gesicht bis zum Morgengrauen nicht gesehen; ich meine, mich des gelegentlichen Aufglühens der Zigarette zu erinnern. Ein schwacher Geruch von Feuchtigkeit war im Raum. Ich setzte mich, wiederholte die Geschichte von dem Telegramm und der Erkrankung meines Vaters.

Hier komme ich zum heikelsten Punkt meines Berichts. Dieser hat (zum Glück weiß der Leser es schon) nichts anderes zum Inhalt als jenen Dialog, der schon ein halbes Jahrhundert zurückliegt. Ich werde nicht versuchen, seine Worte wiederzugeben, die unwiederbringlich verloren sind. Ich ziehe es vor, wahrheitsgetreu die vielen Dinge, die Ireneo mir sagte, zusammenzufassen. Die indirekte Schreibweise wirkt fern und blaß; ich weiß, daß ich die Wirksamkeit meines Berichts opfere; mögen meine Leser in ihrer Phantasie die abgebrochenen Satzperioden, die mich in jener Nacht betäubten, wiedererschaffen.

Ireneo begann damit, auf Latein und Spanisch die Fälle von erstaunlichem Gedächtnis aufzuzählen, die in der *Naturalis historia* vermerkt werden: Cyrus, der Perserkönig, konnte alle Soldaten seiner Heere beim Namen nennen; Mithridates Eupator sprach Recht in den 22 Sprachen seines Reiches; Simonides, der Erfinder der Mnemotechnik; Metrodorus, der sich der Kunst befleißigte, nur einmal Gehörtes wortgetreu wiederzugeben. Ireneo äußerte sein offenbar ehrliches Erstaunen, daß solche Fälle Staunen erregten. Er erzählte mir, vor jenem regnerischen Tag, an dem das blaugraue Pferd ihn zu Boden schleuderte, sei er gewesen wie alle: blind, taub, zu nichts nütze, ohne Gedächtnis. (Ich versuchte, ihn an sein haargenaues Zeitgefühl, sein Namensgedächtnis zu erinnern; er ging nicht darauf ein.) Neunzehn Jahre hatte er gelebt wie einer, der träumt; er sah ohne wahrzunehmen, hörte ohne zu hören, vergaß alles, fast alles. Beim Sturz verlor er das Bewußtsein; als er wieder zu sich kam, war die Gegenwart fast unerträglich reich und klar, und ebenso seine frühesten und beiläufigsten Erinnerungen. Wenig später wurde ihm bewußt, daß er lahm war. Diese Tatsache interessierte ihn kaum. Er befand (er empfand), daß die Unbeweglichkeit ein äußerst geringer Preis sei. Jetzt waren seine Wahrnehmung und sein Gedächtnis unfehlbar.

Wir nehmen mit einem Blick drei Gläser auf einem Tisch wahr; Funes alle Triebe, Trauben und Beeren, die zu einem Rebstock gehören. Er kannte genau die Formen der südlichen Wolken des Sonnenaufgangs vom 30. April 1882 und konnte sie in der Erinnerung mit der Maserung auf einem Pergamentband vergleichen, den er nur ein einziges Mal angeschaut hatte, und mit den Linien der Gischt, die ein Ruder auf dem Río Negro am Vorabend des Quebracho-Gefechtes aufgewühlt hatte. Diese Erinnerungen waren indessen nicht einfältig; jedes optische Bild war verbunden mit Muskel-, Wärmeempfindungen usw. Er konnte alle Träume, alle Dämmerträume rekonstruieren. Zwei- oder dreimal hatte er einen ganzen Tag rekonstruiert; nie war er über etwas im Zweifel gewesen, aber jede Rekonstruktion hatte einen ganzen Tag beansprucht. Er sagte mir: »Ich allein habe mehr Erinnerungen, als alle Menschen zusammen je gehabt haben, solange die Welt besteht.« Und weiter: »Meine Träume sind wie euer Wachen.« Und schließlich, gegen Morgengrauen: »Mein Gedächtnis, Herr, ist wie eine Abfalltonne.« Ein Kreis auf einer Schiefertafel, ein rechtwinkliges Dreieck, ein Rhombus sind Formen, die wir vollkommen wahrnehmen können; ebenso erging es Funes mit der zerzausten Mähne eines Pferdes, mit einer Viehherde auf einem Hügel, mit dem wandelbaren Feuer und der unzählbaren Asche, mit den vielen Gesichtern eines Verstorbenen während einer langen Totenwache. Ich weiß nicht, wieviel Sterne er am Himmel sah.

All diese Dinge erzählte er mir; weder damals noch später habe ich sie in Zweifel gezogen. Damals gab es weder Film noch Phonographen; trotzdem ist es unwahrscheinlich, ja fast unglaublich, daß niemand mit Funes je ein Experiment gemacht hat. Tatsache ist, daß wir immerfort alles hinausschieben, was nur hinauszuschieben ist; vielleicht wissen wir alle zutiefst, daß wir unsterblich sind, und daß jeder Mensch früher oder später alles tun und alles wissen wird.

Funes' Stimme, aus dem Dunkel, sprach und sprach.

Er erzählte mir, daß er sich um 1886 ein eigenes Zahlensystem ausgedacht und nach wenigen Tagen 24000 überschritten hatte. Er hatte es nicht niedergeschrieben, denn was er nur einmal gedacht hatte, konnte er nicht mehr vergessen. Den ersten Anstoß gab ihm, glaube ich, der Ärger über die Unbequemlichkeit, daß die berühmten »Drei und dreißig Uruguayer« zwei Ziffern und drei Wörter brauchten, anstatt eines einzigen Wortes und einer einzigen Ziffer. Dieses verrückte Prinzip wendete er dann auf die anderen Zahlen an. Statt siebentausenddreizehn sagte er (zum Beispiel) *Máximo Pérez*, anstatt siebentausendvierzehn *Die Eisenbahn*. Andere Zahlen waren *Luis Melián Lafinur*, *Olimar*, *Schwefel*, *die Zügel*, *der Wal*, *das Gas*, *der Kessel*, *Napoleon*, *Agustín de Vedia*. Statt fünfhundert sagte er *neun*. Jedes Wort hatte ein eigenes Sinnbild, eine Art Merkzeichen; die letzten waren sehr kompliziert... Ich versuchte, ihm auseinanderzusetzen, daß diese Rhapsodie unzusammenhängender Begriffe genau das Gegenteil eines Zahlensystems sei. Ich sagte ihm, daß, wenn man dreihundertfünfundsechzig sagt, man drei Hunderter, sechs Zehner, fünf Einer nennt; eine Analyse, die in »Zahlen« wie *der Neger Timoteo* oder *Fleischdecke* nicht enthalten ist. Funes verstand mich nicht oder wollte mich nicht verstehen.

Im 17. Jahrhundert forderte Locke eine unmögliche Sprache (die er dann wieder verwarf), in der jedes einzelne Ding, jeder Stein, jeder Vogel und jeder Zweig einen eigenen Namen haben sollte; Funes hatte einmal eine ähnliche Sprache geplant, sie aber wieder aufgegeben, weil sie ihm zu allgemein, zu zweideutig erschien. Tatsächlich erinnerte Funes sich nicht nur an jedes Blatt jeden Baumes in jedem Wald, sondern auch an jedes einzelne Mal, da er es gesehen oder sich vorgestellt hatte. Er beschloß, jeden seiner vergangenen Tage auf 70000 Erinnerungen zu beschränken, die er später mit Ziffern bezeichnen wollte. Zwei Überlegungen hielten ihn davon ab: die Einsicht, daß die Mühe endlos sein würde; die Einsicht, daß sie sinnlos war. Er überlegte, daß er in der Stunde seines Todes noch nicht einmal die Einordnung seiner sämtlichen Kindheitserinnerungen zu Ende gebracht haben würde.

Diese beiden Projekte, die ich erwähnt habe (ein unendliches Vokabular für die natürliche Zahlenfolge, ein nutzloser geistiger Katalog aller Erinnerungsbilder), sind unsinnig, bekunden aber eine gewisse stammelnde Größe. Sie lassen uns die schwindelerregende Welt von Funes ahnen oder erraten. Er war, vergessen wir das nicht, zu allgemeinen, platonischen Ideen so gut wie nicht imstande. Nicht nur machte es ihm Mühe zu verstehen, daß der Allgemeinbegriff *Hund* so viele Geschöpfe verschiedener Größe und verschiedener Gestalt umfassen soll; es störte ihn auch, daß der Hund von 3 Uhr 14 (im Profil gesehen) denselben Namen führen sollte wie der Hund von 3 Uhr 15 (gesehen von vorn). Sein eigenes Gesicht im Spiegel, seine eigenen Hände überraschten ihn immer wieder. Swift berichtet, daß der Kaiser von Liliput die Bewegung des Minutenzeigers wahrnahm; Funes unterschied ständig die ruhigen Fortschritte der Verwesung, der Karies, des Leidens. Er bemerkte das Fortschreiten des Todes, der Feuchtigkeit. Er war der einsame und geistesklare Beobachter einer vielgestaltigen, augenblicklichen und fast unerträglich deutlichen Welt. Babylon, London und New York haben mit ihrer wilden Pracht die Einbildungskraft der Menschen überladen; niemand in ihren übervölkerten

Türmen oder im Getriebe ihrer Straßen hat die Hitze und den Druck einer derart nimmermüden Wirklichkeit gefühlt, wie sie Tag und Nacht auf dem unseligen Ireneo in seinem armen südamerikanischen Vorort lastete. Schlafen fiel ihm sehr schwer. Schlafen heißt, sich von der Welt ablenken; Funes, auf dem Rücken auf seinem Feldbett liegend, stellte sich im Dunkeln jeden Riß, jeden Sims der präzisen Häuser um ihn herum vor. (Ich wiederhole, daß die unbedeutendste seiner Erinnerungen genauer oder lebendiger war als unsere Wahrnehmung einer physischen Lust oder einer physischen Qual.) Nach Osten zu, in einem noch nicht ganz parzellierten Viertel, gab es neue Häuser, die er nicht kannte. Funes stellte sie sich schwarz vor, kompakt, aus gleichmäßigem Dunkel gemacht; in diese Richtung wandte er das Gesicht, um schlafen zu können. Auch pflegte er sich vorzustellen, er liege auf dem Grund des Flusses, gewiegt und aufgelöst von der Strömung.

Er hatte ohne Mühe Englisch, Französisch, Portugiesisch, Latein gelernt. Ich vermute allerdings, daß er zum Denken nicht sehr begabt war. Denken heißt, Unterschiede vergessen, heißt verallgemeinern, abstrahieren. In der vollgepfropften Welt von Funes gab es nichts als Einzelheiten, fast unmittelbarer Art.

Das scheue Licht des Morgens drang vom Patio herein.

Da sah ich das Gesicht der Stimme, die die ganze Nacht gesprochen hatte. Ireneo war neunzehn Jahre alt; er war 1868 geboren; er schien mir monumental wie Erz, älter als Ägypten, früher als die Prophezeiungen und die Pyramiden. Ich dachte daran, daß jedes meiner Worte (jede meiner Bewegungen) in seinem unerbittlichen Gedächtnis fortdauern würden; mich lähmte die Furcht, überflüssige Gebärden zu vermehren.

Ireneo Funes starb 1889, an einer Lungenembolie.

[1942]

Der Garten der Pfade, die sich verzweigen

Für Victoria Ocampo

Auf Seite 242 der *History of the World War* von Liddell Hart steht zu lesen, daß eine Offensive von dreizehn britischen Divisionen (unterstützt von 1400 Geschützen) gegen die Linie Serre–Montauban für den 24. Juli 1916 angesetzt war, jedoch bis zum Morgen des 29. verschoben werden mußte. Sintflutartige Regenfälle (vermerkt Captain Liddell Hart) veranlaßten diesen Aufschub – also nichts eigentlich Bedeutendes. Die nachfolgende Erklärung, diktiert, durchgesehen und unterzeichnet von Doktor Yu Tsun, ehemals Dozent für Englisch an der *Hochschule* von Tsingtau, wirft ein unvermutetes Licht auf den Fall. Die ersten zwei Seiten fehlen.

– legte ich den Hörer auf. Unmittelbar danach erkannte ich die Stimme, die auf deutsch geantwortet hatte. Es war die von Captain Richard Madden. Madden, in Viktor Runebergs Wohnung, bedeutete das Ende unserer Anstrengungen und – aber das erschien ganz zweitrangig oder *hätte mir so erscheinen sollen* – auch unserer Leben. Es bedeutete, daß Runeberg verhaftet oder ermordet worden war.* Noch vor Sonnenuntergang würde mit mir dasselbe geschehen. Madden war unversöhnlich. Besser: Er mußte unversöhnlich sein. Als Ire unter englischem Befehl, als Mann, den man der Lauheit und vielleicht gar des Verrats zieh, wie sollte er nicht diese wunderbare Gelegenheit ergreifen und dankbar begrüßen: die Entdeckung, die Gefangennahme, vielleicht

* Eine gehässige und überspannte Vermutung. Der preußische Spion Hans Rabener alias Viktor Runeberg griff den Überbringer des Haftbefehls, Captain Richard Madden, mit einer Schnellfeuerpistole an. Dieser brachte ihm, in Notwehr handelnd, Verwundungen bei, die zum Tode führten. (*Anmerkung des Herausgebers*)

den Tod zweier Agenten des Deutschen Reichs? Ich ging in mein Zimmer hinauf; absurd schloß ich die Tür ab und warf mich rücklings auf das schmale Eisenbett. Hinter den Scheiben waren die immergleichen Ziegeldächer und die umwölkte Sechs-Uhr-Sonne. Es erschien mir unglaublich, daß dieser Tag ohne Vorahnungen und Symbole unwiderruflich mein Todestag sein sollte. Trotz meines toten Vaters, trotz meiner Kindheit in einem symmetrischen Garten von Hai Feng sollte ich nun sterben? Dann bedachte ich, daß alle Dinge einen genau treffen, genau jetzt. Jahrhunderte um Jahrhunderte, und alles geschieht nur in der Gegenwart; zahllose Menschen in der Luft, am Boden und auf See, und doch geschieht alles, was wirklich geschieht, mir ... Die beinahe unerträgliche Erinnerung an Maddens Pferdegesicht beendete diese Abschweifungen. Inmitten meines Hasses und meiner Furcht (jetzt macht es mir nichts mehr aus, von Furcht zu sprechen: jetzt, da ich Richard Madden übertölpelt habe, jetzt, da meine Kehle nach dem Strang lechzt) überlegte ich, daß dieser ungestüme und sicher glückliche Krieger nicht ahnte, daß ich das Geheimnis kannte. Den Namen der genauen Stellung des neuen britischen Artillerieparks am Ancre. Ein Vogel streifte den grauen Himmel, und ich machte blindlings ein Flugzeug aus ihm und aus dem einen viele (am französischen Himmel), die mit senkrechten Bomben den Artilleriepark vernichteten. Wenn doch mein Mund, ehe eine Kugel mich auslöschte, den Namen so laut schreien könnte, daß sie ihn in Deutschland hörten ... Meine menschliche Stimme war kläglich. Wie sollte ich sie ans Ohr des Chefs gelangen lassen? Ans Ohr jenes kranken und verhaßten Mannes, der von Runeberg und mir nichts wußte, außer daß wir uns in Staffordshire aufhielten, und der in seinem kahlen Berliner Büro auf unsere Informationen wartete und endlos Zeitungen untersuchte ... Laut sagte ich: »Ich muß fliehen.« Ich richtete mich geräuschlos auf, überflüssigerweise um völlige Lautlosigkeit bemüht, als ob Madden mich schon belauerte. Etwas – vielleicht nur um mir augenfällig zu beweisen, daß meine Hilfsmittel gleich Null waren – ließ mich meine Taschen überprüfen. Ich hatte gewußt, was ich finden würde. Die amerikanische Uhr, die Nickelkette und die viereckige Münze, den Schlüsselbund mit den verräterischen, nutzlosen Schlüsseln zu Runebergs Wohnung, die Brieftasche, einen Brief, den ich auf der Stelle zu vernichten beschloß (und dann doch nicht vernichtete), den falschen Paß, eine Crown, zwei Shilling und ein paar Pennies, den Rot- und Blaustift, das Taschentuch, den Revolver mit einer Patrone. Unsinnigerweise nahm ich ihn und wog ihn in der Hand, um mir Mut zu machen. Flüchtig dachte ich, daß ein Schuß sehr weit zu hören sei. Innerhalb von zehn Minuten war mein Plan fertig. Im Telefonbuch fand ich den Namen des einzigen Menschen, der die Nachricht weitergeben konnte. Er wohnte in einer Vorstadt von Fenton, weniger als eine halbe Stunde Bahnfahrt entfernt.

Ich bin ein feiger Mensch. Jetzt sage ich es, jetzt, nachdem ich einen Plan durchgeführt habe, den nicht riskant zu nennen keinem einfallen wird. Ich weiß, daß seine Durchführung furchtbar war. Ich habe es nicht für Deutschland getan, nein. Mir liegt nichts an einem barbarischen Land, das mir die Schmach aufgezwungen hat, Spion zu sein. Zudem weiß ich von einem Mann in England – einem bescheidenen Mann –, der in meinen Augen nicht geringer ist als Goethe. Ich habe mit ihm nicht länger als eine Stunde geredet, aber diese eine Stunde lang war er Goethe... Ich tat es, weil ich spürte, daß der Chef von meinen Rassegefährten nur wenig hielt – den zahllosen Vorfahren, die in mir zusammenfließen. Ich wollte ihm beweisen, daß ein Gelber seine Heere retten konnte. Außerdem mußte ich vor dem Captain fliehen. Seine Hände und seine Stimme konnten jeden Augenblick an meine Türe pochen. Ich zog mich geräuschlos an, sagte mir im Spiegel Lebewohl, ging hinunter, spähte die stille Straße hinab und trat hinaus. Der Bahnhof war nicht weit vom Haus, aber ich hielt es für besser, einen Wagen zu nehmen. Ich redete mir ein, so liefe ich weniger Gefahr, erkannt zu werden; tatsächlich fühlte ich mich auf der leeren Straße unendlich sichtbar und verwundbar. Ich weiß noch, daß ich zum Fahrer sagte, er solle ein Stückchen vor dem Haupteingang anhalten. Absichtlich zögernd und fast mühsam stieg ich aus; mein Ziel war das Dorf Ashgrove, doch löste ich ein Billett für eine weiter entfernte Station. Der Zug fuhr binnen weniger Minuten ab, um acht Uhr fünfzig. Ich beeilte mich; der nächste würde erst um neun Uhr dreißig abgehen. Auf dem Bahnsteig war so gut wie niemand. Ich ging durch die Waggons; ein paar Landarbeiter sind mir noch im Gedächtnis, eine Frau in Trauer, ein junger Mann, der eifrig die *Annalen* von Tacitus las, ein verwundeter glücklicher Soldat. Endlich setzte sich der Zug in Bewegung. Ein Mann, den ich erkannte, lief vergeblich bis ans Ende des Bahnsteigs. Es war Captain Richard Madden. Vernichtet, zitternd drückte ich mich in die entgegengesetzte Ecke des Sitzes, weit von der gefürchteten Scheibe.

Diese Vernichtung wich einem fast schändlichen Glücksgefühl. Ich sagte mir, mein Zweikampf habe schon begonnen und ich hätte den ersten Gang gewonnen, indem ich, wenn auch nur für vierzig Minuten, wenn auch nur durch einen glücklichen Zufall, den Angriff meines Gegners vereitelt hatte. Ich redete mir ein, daß dieser winzige Sieg den Endsieg vorwegnehme. Ich redete mir ein, er sei nicht so winzig, da ich ohne diesen kostbaren Aufschub, den mir der Fahrplan bescherte, im Gefängnis oder tot wäre. Ich redete mir (nicht minder spitzfindig) ein, mein feiges Glücksgefühl beweise, daß ich Manns genug sei, das Abenteuer zum guten Ende zu führen. Aus dieser Schwäche zog ich Kräfte, die mich nicht mehr verließen. Ich sehe voraus, daß sich der Mensch täglich zu immer gräßlicheren Taten bereitfinden wird; bald wird es nur noch Krieger und Räuber geben; ihnen erteile ich diesen Rat: *Wer ein gräßliches Unternehmen ausführt, muß sich vorstellen, daß er es bereits vollbracht hat; er muß sich eine Zukunft aufzwingen, die so unwiderruflich ist wie die Vergangenheit.* So verfuhr ich, während meine Augen eines bereits Toten das Dahinfließen dieses Tages, der vielleicht der letzte war, und die Ausbreitung der Nacht in sich aufnahmen. Der Zug rollte gemächlich zwischen Eschen dahin. Er hielt an, fast auf dem freien Feld. Niemand rief den Namen der Station aus. »Ashgrove?« fragte ich ein paar Jungen auf dem Bahnsteig. »Ashgrove«, antworteten sie. Ich stieg aus.

Eine Lampe erhellte den Bahnsteig, aber die Gesichter der Jungen blieben in der Schattenzone. Einer fragte mich: »Wollen Sie zu Doktor Stephen Albert?« Ohne die Antwort abzuwarten, sagte ein anderer: »Das Haus ist weit von hier, aber Sie können sich nicht verirren, wenn Sie den Weg hier links nehmen und an jeder Kreuzung links abbiegen.« Ich warf ihnen eine Münze zu (die letzte), ging ein paar steinerne Stufen hinunter und machte mich auf den einsamen Weg. Er führte sachte bergab. Er war aus elementarer Erde, oben verwoben sich die Zweige, der niedrige runde Mond schien mich zu begleiten.

Einen Moment lang dachte ich, Richard Madden habe irgendwie mein verzweifeltes Vorhaben durchschaut. Sehr bald begriff ich, daß das unmöglich war. Der Rat, immer nach links abzubiegen, rief mir ins Gedächtnis, daß dies das übliche Verfahren war, um den Innenhof gewisser Labyrinthe zu entdecken. Ich verstehe ein wenig von Labyrinthen; nicht umsonst bin ich der Urenkel jenes Ts'ui Pên, der Gouverneur von Jünnan war und der weltlichen Macht entsagte, um einen Roman zu schreiben, der bevölkerter sein sollte als das *Hung Lu Meng*, und um ein Labyrinth zu bauen, in dem alle Menschen sich verirren sollten. Dreizehn Jahre widmete er diesen unterschiedlich gearteten Bemühungen, aber er wurde von der Hand eines Fremden ermordet, und sein Roman war unsinnig, und niemand fand das Labyrinth. Unter englischen Bäumen sann ich über dieses verlorene Labyrinth nach: Ich stellte es mir unversehrt vor und vollkommen, auf dem geheimen Gipfel eines Berges; ich stellte es mir von Reisfeldern überschwemmt vor oder unter Wasser; ich stellte es mir unendlich vor, nicht aus achteckigen Lauben und wiederkehrenden Pfaden, sondern aus Strömen, Provinzen und Reichen ... Ich dachte an ein Labyrinth aus Labyrinthen, an ein gewunden wucherndes Labyrinth, das die Vergangenheit umfaßte und die Zukunft, und das auch die Sterne irgendwie mit einbezog.

In diese illusorischen Bilder verloren, vergaß ich mein gehetztes Schicksal. Für unbestimmte Zeit empfand ich mich als abstrakten Wahrnehmer der Welt. Das vage und vitale Feld, der Mond, die Überreste des Abends wirkten auf mich; dazu der sacht abfallende Weg, der jede Möglichkeit von Ermüdung ausschloß. Der Abend war traut, unendlich. Der Weg sank ab und gabelte sich zwischen den schon wirren Wiesen. Eine scharfe, fast silbische Musik kam und ging je nach Laune des Windes, gehüllt in Laub und Ferne. Ich dachte: Ein Mensch kann anderen Menschen feind sein, anderen Momenten anderer Menschen, aber nicht einem Land: nicht Glühwürmchen, Wörtern, Gärten, Wasserläufen, Sonnenuntergängen. So kam ich vor ein großes, rostiges Tor. Zwischen den Stäben erriet ich eine Pappelallee und eine Art Pavillon. Sogleich fielen mir zwei Dinge auf, gewöhnlich das eine, fast unglaublich das andere: Die Musik kam aus dem Pavillon, die Musik war chinesisch. Deshalb hatte ich sie unmittelbar in mich aufgenommen, ohne sie genauer zu beachten. Ich weiß nicht mehr, ob eine Glocke da war oder eine Klingel, oder ob ich mich durch Händeklatschen bemerkbar machte. Die perlende Musik dauerte fort.

Aber aus der Tiefe des inneren Hauses näherte sich eine Laterne: Eine Laterne, die von den Stämmen gestreift und manchmal ausgelöscht wurde, eine Papierlaterne von der Form der Trommeln und der Farbe des Mondes. Es trug sie ein hochgewachsener Mann. Sein Gesicht sah ich nicht, weil das Licht mich blendete. Er öffnete das Tor und sagte langsam etwas in meiner Sprache.

»Ich sehe, der mitleidige Hsi P'êng unterzieht sich der Mühe, meiner Einsamkeit abzuhelfen. Sie wollen gewiß den Garten sehen.«

Ich erkannte den Namen eines unserer Konsuln und wiederholte verwirrt: »Den Garten?«

»Den Garten der Pfade, die sich verzweigen.«

Etwas regte sich in meinem Gedächtnis, und mit unbegreiflicher Sicherheit sprach ich es aus: »Den Garten meines Vorfahren Ts'ui Pên.«

»Ihres Vorfahren? Ihres erlauchten Vorfahren? Treten Sie ein!«

Der feuchte Pfad beschrieb Zickzacklinien wie die Pfade meiner Kindheit. Wir kamen zu einer Bibliothek mit Büchern aus dem Morgen- und Abendland. Ich erkannte, in gelbe Seide gebunden, ein paar handschriftliche Folianten der Verlorenen Enzyklopädie, die der Dritte Kaiser der Erleuchteten Dynastie geleitet hatte und die nie gedruckt wurde. Die Grammophonplatte drehte sich neben einem bronzenen Phönix. Auch erinnere ich mich einer hohen Vase der Rosafamilie und einer anderen, um viele Jahrhunderte älteren in jenem Azurblau, das unsere Künstler den persischen Töpfern abschauten...

Stephen Albert betrachtete mich lächelnd. Er war (wie ich schon sagte) sehr groß, hatte scharfe Gesichtszüge, graue Augen und grauen Bart. Er hatte etwas von einem Priester, aber auch von einem Seemann; später erzählte er mir, er sei Missionar in Tientsin gewesen, bevor er »Aspirant der Sinologie« wurde.

Wir nahmen Platz, ich auf einem breiten niedrigen Diwan, er mit dem Fenster und einer großen runden Uhr im Rücken. Ich berechnete, daß mein Verfolger Richard Madden nicht vor Ablauf einer Stunde hier sein würde. Mein unwiderruflicher Entschluß konnte warten.

»Erstaunlich, das Schicksal von Ts'ui Pên«, sagte Stephen Albert. »Gouverneur seiner Geburtsprovinz, gelehrt in Astronomie, Astrologie und der unermüdlichen Auslegung der kanonischen Bücher, Schachspieler, berühmter Dichter und Kalligraph: All das gab er auf, um ein Buch und ein Labyrinth zu schaffen. Er hat den Freuden von Unterdrückung, Rechtsprechung, von vielzähligem Beischlaf, Festmählern und auch Bildung entsagt und sich dreizehn Jahre im Pavillon der Lauteren Einsamkeit eingeschlossen. Bei seinem Tod haben seine Erben nichts als chaotische Manuskripte gefunden. Die Familie, wie Ihnen nicht unbekannt sein dürfte, wollte sie dem Feuer überantworten, aber sein Testamentsvollstrecker – ein taoistischer oder buddhistischer Mönch – hat auf der Veröffentlichung bestanden.«

»Wir aus dem Blute Ts'ui Pêns«, erwiderte ich, »verfluchen diesen Mönch noch immer. Diese Veröffentlichung war unsinnig. Das Buch ist ein wirrer Haufen widersprüchlicher Entwürfe. Ich habe es einmal durchgesehen: Im dritten Kapitel stirbt der Held, im vierten ist er am Leben. Und was das andere Vorhaben Ts'ui Pêns angeht, sein Labyrinth ...«

»Hier ist das Labyrinth«, sagte er, wobei er auf einen hohen lackierten Schreibtisch deutete.

»Ein Labyrinth aus Elfenbein!« rief ich. »Ein Miniaturlabyrinth?«

»Ein Labyrinth aus Symbolen«, stellte er richtig. »Ein unsichtbares Labyrinth aus Zeit. Mir, dem englischen Barbaren, war es beschieden, dieses durchscheinende Mysterium zu entschleiern. Nach über hundert Jahren sind die einzelnen Umstände natürlich nicht mehr festzustellen, aber was vorfiel, läßt sich unschwer erraten. Ts'ui Pên dürfte einmal gesagt haben: ›Ich ziehe mich zurück, um ein Buch zu schreiben.‹ Ein andermal: ›Ich ziehe mich zurück, um ein Labyrinth zu schaffen.‹ Alle haben an zwei Werke gedacht. Niemand ahnte, daß Buch und Labyrinth ein einziger Gegenstand waren. Der Pavillon der Lauteren Einsamkeit erhob sich mitten in einem vielleicht verschlungenen Garten; aus diesem Umstand mögen die Leute auf ein physisches Labyrinth geschlossen haben. Ts'ui Pên starb; niemand in den ausgedehnten Ländereien, die ihm gehörten, hat je das Labyrinth gefunden; das Durcheinander des Romans brachte mich auf den Gedanken, daß er das Labyrinth sei. Zwei Umstände haben mir die schlüssige Lösung des Problems geliefert: einmal die sonderbare Legende, Ts'ui Pên hätte es auf ein Labyrinth abgesehen gehabt, das im strengen Sinne unendlich sein sollte. Zum anderen: ein Bruchstück eines Briefes, das ich entdeckt habe.«

Albert stand auf. Für ein paar Augenblicke wandte er mir den Rücken zu; er zog eine Schublade des goldenschwarzen Schreibtischs auf. Er kam zurück mit einem ehemals karmesinfarbenen, jetzt zu Rosa verblaßten Papier, das seidendünn und kariert war. Ts'ui Pêns Ruf als Kalligraph bestand zu Recht. Verständnislos und mit Inbrunst las ich die Worte, die ein Mann von meinem Blut mit winzigen Pinselstrichen hingemalt hatte: »Ich hinterlasse den verschiedenen Zukünften (nicht allen) meinen Garten der Pfade, die sich verzweigen.« Stillschweigend gab ich das Blatt zurück. Albert fuhr fort:

»Bevor ich diesen Brief ausgrub, hatte ich mich gefragt, auf welche Weise ein Buch unendlich sein kann. Ich bin zu keinem anderen Schluß gekommen, als daß ein solcher Band zyklisch, kreisförmig angelegt sein müßte. Ein Band, dessen letzte Seite mit der ersten identisch sein müßte, mit der Möglichkeit, bis ins Unendliche fortzufahren. Ich habe auch an jene Nacht gedacht, die in der Mitte von *Tausendundeiner Nacht* steht, wo die Königin Scheherazade (infolge einer magischen Zerstreutheit des Abschreibers) sich anschickt, wortwörtlich die Geschichte von *Tausendundeiner Nacht* zu erzählen, so daß sie Gefahr läuft, wieder bei der Nacht, in der sie sie erzählt, anzukommen, und so immer fort. Ich habe mir auch ein platonisches Werk vorgestellt, das als Erbstück vom Vater auf den Sohn käme, bei dem jedes neue Individuum ein Kapitel hinzufügen oder mit pietätvoller Sorgfalt die Seite der Eltern verbessern würde. Diese Mutmaßungen haben mich zerstreut; keine jedoch schien auch nur im entferntesten auf die widersprüchlichen Kapitel von Ts'ui Pên zuzutreffen. In dieser Ratlosigkeit wurde mir von Oxford das Manuskript übermittelt, das Sie durchgelesen haben. Natürlich bin ich an dem Satz hängengeblieben: ›Ich hinterlasse den verschiedenen Zukünften (nicht allen) meinen Garten der Pfade, die sich verzweigen.‹ Fast sofort hatte ich begriffen; *Der Garten der Pfade, die sich verzweigen* war der chaotische Roman. Die Wendung: ›verschiedenen Zukünften (nicht allen)‹ brachte mich auf das Bild der Verzweigung in der Zeit, nicht im Raum. Die abermalige Gesamtlektüre des Werks hat diese Theorie bestätigt. In allen Fiktionen entscheidet sich ein Mensch angesichts verschiedener Möglichkeiten für eine und eliminiert die anderen; im Werk des schier unentwirrbaren Ts'ui Pên entscheidet er sich – gleichzeitig – für alle. Er *erschafft* so verschiedene Zukünfte, verschiedene Zeiten, die ebenfalls auswuchern und sich verzweigen. Daher die Widersprüche im Roman. Fang (sagen wir) hütet ein Geheimnis; ein Unbekannter klopft an seine Tür; Fang beschließt, ihn zu töten. Natürlich gibt es verschiedene mögliche Lösungen. Fang kann den Eindringling töten, der Eindringling kann Fang töten; beide können davonkommen, beide können sterben und so weiter. Im Werk von Ts'ui Pên kommen sämtliche Lösungen vor; jede einzelne ist der Ausgangspunkt weiterer Verzweigungen. Manchmal streben die Pfade dieses Labyrinths zueinander hin; zum Beispiel kommen Sie in dieses Haus, aber in einer der möglichen Vergangenheiten sind Sie mein Feind gewesen, in einer anderen mein Freund. Wenn Sie sich mit meiner unheilbaren Aussprache abfinden, wollen wir ein paar Seiten lesen.«

Im lebhaften Lichtkreis der Lampe war sein Gesicht unzweifelhaft das Gesicht eines alten Mannes, doch war zugleich etwas Unzerbrechliches und Unsterbliches darin. Er las mit langsamer Präzision zwei Fassungen desselben epischen Kapitels. In der ersten zieht ein Heer durch ein ödes Gebirge in die Schlacht; das Grauen der Steine und des Schattens läßt die Männer das Leben gering achten und führt sie mit Leichtigkeit zum Sieg; in der zweiten Fassung durchzieht dasselbe Heer ein Schloß, in dem ein Fest stattfindet; die strahlende Schlacht erscheint ihnen als Fortsetzung des Festes, und sie erringen den Sieg. Ich lauschte mit geziemender Verehrung diesen alten Geschichten, die vielleicht nicht so bewundernswert waren wie die Tatsache, daß mein Blut sie ersonnen hatte, und daß ein Mann aus einem fernen Reich sie mir im Laufe eines verzweifelten Abenteuers auf einer Insel im Westen zurückerstattete. Ich erinnere mich der Schlußworte, die sich in jeder Fassung wie ein heimliches Gebot wiederholten: »So kämpften, gelassen das bewunderungswürdige Herz, gewaltigen Schwertes, zu töten und zu sterben bereit, die Helden.«

Von diesem Augenblick an spürte ich ringsum und in meinem dunklen Körper ein unsichtbares, ungreifbares Gewimmel. Nicht das Gewimmel der auseinanderstrebenden, gleichgerichteten und schließlich miteinander verschmelzenden Heere, sondern eine unzugänglichere, tiefer sitzende Erregung, die sie irgendwie vorausdeutend gestalteten. Stephen Albert fuhr fort:

»Ich glaube nicht, daß Ihr berühmter Vorfahr diese Variationen nur als ein müßiges Spiel betrieben hat. Ich halte es nicht für wahrscheinlich, daß er dreizehn Jahre seines Lebens der unendlichen Ausführung eines rhetorischen Experiments geopfert haben soll. In Ihrer Heimat ist der Roman eine zweitrangige Gattung; damals war er eine verächtliche Gattung. Ts'ui Pên war ein genialer Romandichter, aber er war auch ein hochgebildeter Mann, der sich gewiß nicht für einen bloßen Romanschreiber gehalten hat. Laut dem Zeugnis seiner Zeitgenossen hatte er – wie aus seinem Leben sattsam hervorgeht – metaphysische, mystische Neigungen. Philosophische Kontroversen machen einen großen Teil seines Romans aus. Ich weiß, daß ihn von allen Problemen keines so beunruhigt und geplagt hat wie das abgründige Problem der Zeit. Nun ist dies aber das *einzige* Problem, das auf den Seiten des *Gartens* nicht vorkommt. Er hat nicht einmal das Wort für ›Zeit‹ verwendet. Wie erklären Sie sich diese absichtliche Auslassung?«

Ich schlug verschiedene Lösungen vor, sämtlich unzureichend. Wir erörterten sie; zum Schluß sagte mir Stephen Albert:

»Ein Rätsel, in dem es um das Schachspiel geht: Wie lautet das einzige Wort, das nicht ausgesprochen werden darf?«

Ich dachte einen Augenblick nach und erwiderte: »Das Wort ›Schach‹.«

»Genau«, sagte Albert. »*Der Garten der Pfade, die sich verzweigen*, ist ein ungeheures Ratespiel oder eine Parabel, deren Thema die Zeit ist; dieser tiefverborgene Grund verbietet ihm die Erwähnung ihres Namens. Ein Wort *immer* auszulassen, sich mit untauglichen Metaphern und offenkundigen Umschreibungen zu helfen, ist vielleicht die betonteste Art, darauf hinzudeuten. Es ist die gewundene Art, die in jedem einzelnen der Mäander seines unermüdlichen Romans der indirekte Ts'ui Pên bevorzugte. Ich habe Hunderte von Handschriften miteinander verglichen, habe die Fehler korrigiert, die sich durch die Nachlässigkeit der Abschreiber eingeschlichen haben; ich habe den Plan dieses Chaos erschlossen, habe die ursprüngliche Ordnung wiederhergestellt oder glaubte, sie wiederhergestellt zu haben; ich habe das ganze Werk übersetzt: Ich verbürge mich dafür, daß kein einziges Mal das Wort *Zeit* darin vorkommt. Die Erklärung liegt auf der Hand: *Der Garten der Pfade, die sich verzweigen*, ist ein zwar unvollständiges, aber kein falsches Bild des Universums, so wie Ts'ui Pên es auffaßte. Im Unterschied zu Newton und Schopenhauer hat Ihr Ahne nicht an eine gleichförmige, absolute Zeit geglaubt. Er glaubte an unendliche Zeitreihen, an ein wachsendes, schwindelerregendes Netz auseinander- und zueinanderstrebender und paralleler Zeiten. Dieses Webmuster aus Zeiten, die sich einander nähern, sich verzweigen, sich scheiden oder einander jahrhundertelang ignorieren, umfaßt alle Möglichkeiten. In der Mehrzahl dieser Zeiten existieren wir nicht; in einigen existieren Sie, nicht jedoch ich; in anderen ich, aber nicht Sie; in wieder anderen wir beide. In dieser Zeit nun, die mir ein günstiger Zufall beschert, sind Sie in mein Haus gekommen. In einer anderen haben Sie mich, da Sie den Garten durchschritten, tot angetroffen; in wieder einer anderen sage ich dieselben Worte, aber ich bin ein Trug, ein Phantasma.«

»In allen«, sagte ich, nicht ohne zu schaudern, »danke und ehre ich Ihre Wiedererschaffung des Gartens von Ts'ui Pên.«

»Nicht in allen«, murmelte er lächelnd. »Die Zeit verzweigt sich beständig zahllosen Zukünften entgegen. In einer von ihnen bin ich Ihr Feind.«

Wieder empfand ich jenes Gewimmel, von dem ich gesprochen habe. Es war mir, als sei der feuchte Garten ums Haus bevölkert von einer Unzahl unsichtbarer Personen. Diese Personen waren Albert und ich, geheim, geschäftig und vielgestaltig in anderen Zeitdimensionen. Ich hob die Augen, und der flordünne Alb löste sich auf. In dem gelbschwarzen Garten war nur ein Mensch; aber dieser Mensch war stark wie ein Standbild; aber dieser Mensch kam auf dem Weg näher und war der Captain Richard Madden.

»Die Zukunft existiert bereits«, antwortete ich, »aber ich bin Ihr Freund. Kann ich den Brief noch einmal sehen?«

Albert erhob sich. Hoch aufragend öffnete er die Schublade des hohen Schreibtisches; er wandte mir für einen Augenblick den Rücken zu. Ich hatte den Revolver in Anschlag gebracht. Ich schoß mit größter Sorgfalt: Albert brach sofort ohne einen Klagelaut zusammen. Ich schwöre, daß sein Tod auf der Stelle eintrat: ein Blitzschlag.

Alles andere ist unwirklich, unbedeutend. Madden drang ein, nahm mich fest. Man hat mich zum Strang verurteilt. Auf abscheuliche Art habe ich gesiegt; ich habe an Berlin den geheimgehaltenen Namen der Stadt durchgegeben, die sie angreifen müssen. Gestern haben sie sie bombardiert; ich las die Nachricht in denselben Zeitungen, die England vor das Rätsel stellten, daß der gelehrte Sinologe, Stephen Albert, von einem Unbekannten, Yu Tsun, ermordet wurde. Der Chef hat dieses Rätsel entschlüsselt. Er weiß, daß es mein Problem war, mitten im Kriegslärm die Stadt mit Namen Albert anzugeben, und daß ich kein anderes Mittel fand, als eine Person dieses Namens zu töten. Er weiß nicht (niemand kann wissen) um meine unendliche Zerknirschung und Müdigkeit.

Ulrika

»Hann tekr sver þit Gram
ok leggr i meþal þeira bert«
Völsungen-Saga, 27

Meine Erzählung wird getreulich bei der Wahrheit bleiben, oder jedenfalls bei meiner persönlichen Erinnerung an die Wahrheit, was das gleiche ist. Zugetragen hat sich die Sache erst vor kurzer Zeit, aber ich weiß, daß die literarische Gewohnheit zugleich die Gewohnheit ist, Einzelheiten einzufügen und Höhepunkte hervorzuheben. Ich möchte meine Begegnung mit Ulrika (ihren Nachnamen wußte ich nicht und werde ich vielleicht nie wissen) in der Stadt York schildern. Die Chronik wird eine Nacht und einen Morgen umfassen.

Es würde mich nichts kosten, zu behaupten, daß ich sie das erste Mal neben den »Fünf Schwestern« von York erblickte, diesen ungegenständlichen Glasfenstern, die von Cromwells Bilderstürmern verschont wurden, aber Tatsache ist, daß wir uns im Schankraum des *Northern Inn* begegneten, außerhalb der Stadtmauern. Wir waren nur zu wenigen, und sie stand mit dem Rücken zu mir. Jemand bot ihr ein Glas an, und sie lehnte ab.

»Ich bin Feministin«, sagte sie. »Ich will die Männer nicht nachäffen. Ihr Tabak und ihr Alkohol sind mir zuwider.«

Der Satz wollte geistreich sein, und ich erriet, daß sie ihn nicht zum ersten Mal gesagt hatte. Später wurde mir klar, daß er nicht charakteristisch war für sie, aber nicht immer entspricht uns das, was wir sagen.

Sie erzählte, daß sie zu spät zum Museum gekommen sei, aber daß man sie eingelassen habe, als man erfuhr, daß sie Norwegerin war.

Einer der Anwesenden bemerkte:

»Es ist nicht das erste Mal, daß die Norweger nach York kommen.«

»Das stimmt«, sagte sie. »England hat uns gehört, und wir haben es verloren, wenn irgend jemand etwas besitzen oder irgend etwas verlorengehen kann.«

Als ich diese Worte hörte, sah ich sie an. In einer Zeile von William Blake kommen Mädchen von mildem Silber oder wildem Gold vor, aber in Ulrika waren Gold und Milde. Sie war schlank und groß, mit feinen Zügen und grauen Augen. Weniger als ihr Gesicht beeindruckte mich ihr *air* von stillem Mysterium. Sie lächelte schnell, und das Lächeln schien sie zu entrücken. Sie war schwarz gekleidet, eine Seltenheit in den nördlichen Ländern, die ihre gedämpfte Umwelt mit Farben aufzuheitern versuchen. Sie sprach ein einwandfreies und genaues Englisch mit leicht akzentuierten *R*s. Ich bin kein Beobachter, all dies entdeckte ich erst nach und nach.

Wir stellten uns vor. Ich sagte, daß ich eine Professur an der Anden-Universität in Bogotá hätte. Zur Erläuterung setzte ich hinzu, daß ich Kolumbianer sei.

Sie fragte nachdenklich:

»Was ist das, Kolumbianer sein?«

»Ich weiß nicht«, sagte ich. »Es ist ein Glaubensakt.«

»Wie Norwegerin sein«, stimmte sie zu.

Von dem, was wir an diesem Abend redeten, habe ich nichts weiter in Erinnerung. Am Tag darauf ging ich früh in den Speisesaal hinunter. Durch die Fenster sah ich, daß es geschneit hatte; die kahlen Felder verloren sich im Morgenlicht. Sonst war niemand da. Ulrika lud mich an ihren Tisch. Sie sagte, sie gehe gern allein spazieren.

Mir fiel ein Scherz Schopenhauers ein, und ich sagte:

»Ich auch. Dann können wir also zusammen gehen.«

Auf dem neuen Schnee entfernten wir uns von dem Haus. Keine Seele war auf den Feldern. Ich schlug vor, nach Thorgate zu gehen, einige Meilen flußab. Ich weiß, daß ich bereits in Ulrika verliebt war; keinen anderen Menschen hätte ich an meiner Seite gewünscht.

Plötzlich hörte ich das ferne Geheul eines Wolfs. Ich hatte nie einen Wolf heulen hören, aber ich wußte, daß es ein Wolf war. Ulrika blieb gelassen.

Kurz darauf sagte sie, als denke sie laut:

»Die wenigen armseligen Schwerter, die ich gestern in York Minster gesehen habe, haben mich tiefer bewegt als die großen Schiffe im Museum von Oslo.«

Unsere Wege kreuzten sich. Ulrika würde am gleichen Nachmittag nach London weiterreisen; ich nach Edinburgh.

»Auf der Oxford Street«, sagte sie, »wiederhole ich dann de Quinceys Schritte, der seine Anne suchte, die er in der Menschenmenge Londons verloren hatte.«

»De Quincey«, erwiderte ich, »hat die Suche aufgegeben. Ich suche all die Zeit immer weiter nach ihr.«

»Vielleicht«, sagte sie leise, »hast du sie gefunden.«

Ich begriff, daß etwas Unerwartetes mir auch nicht verboten war, und küßte sie auf Mund und Augen. Sie schob mich mit sanfter Bestimmtheit von sich und erklärte dann:

»Im Wirtshaus von Thorgate gehöre ich dir. Ich bitte dich bis dahin: Berühr mich nicht. Es ist besser so.«

Für einen unverheirateten, schon in die Jahre gekommenen Mann ist die dargebotene Liebe eine Gabe, mit der er nicht mehr rechnet. Das Wunder hat das Recht, Bedingungen zu stellen. Ich dachte an meine Jugendstreiche in Popayán und an ein Mädchen in Texas, hell und schlank wie Ulrika, das mir seine Liebe verweigert hatte.

Ich beging nicht den Fehler, sie zu fragen, ob sie mich liebe. Ich wußte, daß ich nicht der erste war und nicht der letzte sein würde. Dieses Abenteuer, vielleicht mein letztes, wäre für diese strahlende und entschlossene Elevin Ibsens nur eines von vielen.

Hand in Hand setzten wir unseren Weg fort.

»Das alles ist wie ein Traum«, sagte ich, »und ich träume doch nie.«

»Wie jener König«, antwortete Ulrika, »der nicht träumte, bis ihn ein Zauberer in einem Schweinestall schlafen ließ.«

Dann fügte sie hinzu:

»Horch. Gleich singt ein Vogel.«

Kurz darauf hörten wir den Gesang.

»In diesen Gegenden«, sagte ich, »glaubt man, daß einer, der bald stirbt, die Zukunft voraussieht.«

»Und ich sterbe bald«, sagte sie.

Ich sah sie bestürzt an.

»Wir wollen den kürzeren Weg durch den Wald nehmen«, drängte ich. »Dann sind wir schneller in Thorgate.«

»Der Wald ist gefährlich«, antwortete sie.

Wir gingen weiter über die kahlen Felder.

»Ich wünschte, dieser Augenblick dauerte für immer«, murmelte ich.

»*Immer* ist ein Wort, das den Menschen nicht gestattet ist«, behauptete Ulrika, und um die Emphase abzuschwächen, bat sie mich, meinen Namen zu wiederholen, den sie nicht richtig verstanden hatte.

»Javier Otárola«, sagte ich.

Sie wollte ihn nachsprechen, aber es gelang ihr nicht. Genau wie sie scheiterte ich am Namen Ulrika.

»Dann nenne ich dich eben Sigurd«, erklärte sie lächelnd.

»Wenn ich Sigurd bin«, erwiderte ich, »dann bist du Brynhild.«

Sie war stehengeblieben.

»Du kennst die Sage?« fragte ich.

»Aber ja doch«, sagte sie. »Die tragische Geschichte, die die Deutschen mit ihren verspäteten Nibelungen zugrunde gerichtet haben.«

Ich wollte keine Diskussion und erwiderte:

»Brynhild, du gehst, als wünschtest du, daß zwischen den beiden ein Schwert im Bett liegt.«

Plötzlich befanden wir uns vor dem Wirtshaus. Es überraschte mich nicht, daß es wie das andere *Northern Inn* hieß.

Oben von der Freitreppe herab rief mir Ulrika zu:

»Hast du den Wolf gehört? Es gibt keine Wölfe mehr in England. Beeil dich.«

Als wir ins Obergeschoß stiegen, fiel mir auf, daß die Wände im Stil von William Morris tapeziert waren, in einem ganz tiefen Rot mit verschlungenen Früchten und Vögeln. Ulrika trat vor mir ein. Das dunkle Zimmer war niedrig und hatte zwei schräge Dächer. Das ersehnte Bett verdoppelte sich in einem vagen Glas, und das polierte Mahagoni erinnerte mich an den Spiegel der Heiligen Schrift.

Ulrika hatte sich bereits entkleidet. Sie nannte mich bei meinem wirklichen Namen, Javier. Ich fühlte, daß es stärker schneite. Von Möbeln und Spiegeln blieb nichts mehr. Zwischen den beiden lag kein Schwert. Wie der Sand verrann die Zeit. Alterslos strömte die Liebe im Dunkel, und zum ersten und letzten Mal besaß ich Ulrikas Bild.

Das Aleph

»O God, I could be bounded in a nutshell and count myself a King of infinite space.«

Hamlet, II, 2

»But they will teach us that Eternity is the Standing still of the Present Time, a *Nunc-stans* (as the Schools call it); which neither they, nor any else understand, no more than they would a *Hic-stans* for an infinite greatnesse of Place.«

Leviathan, IV, 46

An jenem strahlenden Februarmorgen, als Beatriz Viterbo starb, nach einem herrscherlichen Todeskampf, der sich keinen Augenblick zu Sentimentalität oder Furcht hinabließ, stellte ich fest, daß die Plakatwände an der Plaza Constitución die Reklame für irgendeine Sorte blonder Zigaretten erneuert hatten; das schmerzte mich, da ich begriff, daß das rastlose und weiträumige Universum bereits von ihr abrückte, und daß dieser Wandel der erste einer endlosen Reihe war. Das Universum mag sich wandeln, ich aber nicht, dachte ich mit melancholischer Eitelkeit; manchmal, ich weiß wohl, hatte meine eitle Ergebenheit sie gereizt; nun da sie tot war, konnte ich mich ihrem Andenken weihen, ohne Hoffnung, aber auch ohne Demütigung. Ich bedachte, daß der 30. April ihr Geburtstag war; dem Haus in der Calle Garay an diesem Tag einen Besuch abzustatten, um ihren Vater und Carlos Argentino Daneri, ihren Vetter ersten Grades, zu begrüßen, war ein untadeliger, vielleicht unumgänglicher Akt der Höflichkeit. Wieder würde ich im Dämmer des vollgepfropften Empfangszimmerchens warten, wieder die Einzelheiten ihrer vielen Porträts studieren: Beatriz Viterbo im Profil, in Farbe; Beatriz mit Halblarve beim Karneval 1921; Beatriz bei ihrer Erstkommunion; Beatriz am Tage ihrer Vermählung mit Roberto Alessandri; Beatriz, kurz nach der Scheidung, bei einem Frühstück im Reitclub; Beatriz in Quilmes, mit Delia San Marco Porcel und

Carlos Argentino; Beatriz mit dem Pekinesen, den ihr Villegas Haedo schenkte; Beatriz von vorn und im Dreiviertelprofil, lächelnd, die Hand am Kinn... Diesmal brauchte ich mein Erscheinen nicht wie bei anderen Gelegenheiten mit bescheidenen Büchergaben zu rechtfertigen, Büchern, deren Seiten ich mit der Zeit wohlweislich aufschnitt, um sie nicht Monate später unversehrt zu finden.

Beatriz Viterbo starb 1929; von da an ließ ich keinen 30. April vorübergehen, ohne mich in ihrem Haus einzufinden. Gewöhnlich kam ich um Viertel nach sieben und blieb rund fünfundzwanzig Minuten; jedes Jahr erschien ich ein bißchen später und blieb ein bißchen länger; 1933 begünstigte mich ein sintflutartiger Regen: Sie mußten mich zum Essen einladen. Natürlich ließ ich diesen Präzedenzfall nicht ungenutzt; 1934 erschien ich, als es bereits acht geschlagen hatte, mit einem Lebkuchen aus Santa Fe und blieb ganz selbstverständlich zum Essen. So empfing ich an melancholischen und eitel erotischen Jahrestagen Carlos Argentino Daneris vertrauliche Mitteilungen.

Beatriz war groß, zerbrechlich und ein wenig gebeugt; in ihrem Gang lag (sofern das Oxymoron zulässig ist) etwas wie graziöse Plumpheit, ein Anflug von Ekstase; Carlos Argentino ist rosig, kompakt, ergraut, mit feinen Gesichtszügen. Er geht irgendeiner untergeordneten Tätigkeit in einer obskuren Bibliothek in der südlichen Vorstadt nach; er ist zwar autoritär, aber auch wirkungslos; bis vor kurzem nutzte er Abende und Feiertage, um daheimzubleiben. Nach zwei Generationen haben sich bei ihm das zischende italienische S und die üppige italienische Gebärdensprache noch erhalten. Seine Geistestätigkeit ist unausgesetzt, leidenschaftlich, sprunghaft und völlig unbedeutend. Er schwelgt in untauglichen Analogien und in müßigen Skrupeln. Er hat (wie Beatriz) große, schöne, fein geformte Hände. Ein paar Monate lang war er von Paul Fort besessen, nicht so sehr wegen der Balladen als wegen der Idee eines makellosen Ruhms. »Er ist der Fürst der französischen Dichter«, wiederholte er selbstgefällig. »Du magst dich ruhig vergebens gegen ihn sperren; nein, auch der giftigste deiner Pfeile wird ihn nie treffen.«

Am 30. April 1941 erlaubte ich mir, dem Lebkuchen eine Flasche einheimischen Kognaks hinzuzufügen. Carlos Argentino kostete ihn, befand ihn für interessant und begann nach ein paar Gläsern mit einer Rechtfertigung des modernen Menschen.

»Ich sehe ihn vor mir«, sagte er mit nicht ganz erklärlicher Lebhaftigkeit, »in seinem Studierzimmer, gleich einem Türmer im Auslug einer Stadt, versehen mit Telefonen, Telegrafen, Fonografen, Radiogeräten, Kinematografen, Laternae Magicae, Glossaren, Fahrplänen, Handbüchern, Bulletins ...«

Er bemerkte, für einen derartig ausgestatteten Menschen sei das Reisen überflüssig; unser 20. Jahrhundert habe die Geschichte von Mohammed und dem Berg umgedreht; heute liefen die Berge zum modernen Mohammed.

So inhaltlos erschienen mir diese Gedanken, so pompös und ausgewalzt ihre Darlegung, daß ich sie unmittelbar mit Literatur in Zusammenhang brachte; ich sagte ihm, er sollte sie doch niederschreiben. Wie vorauszusehen erwiderte er, das habe er bereits getan; diese Idee sowie andere nicht minder neuartige ständen in dem *Canto Augural*, dem *Canto Prologal* oder – schlicht gesagt – dem *Canto-Prólogo* einer Dichtung, an der er seit vielen Jahren arbeite, ohne *réclame*, ohne ohrenbetäubendes Trara, immer nur gestützt auf jene beiden Stäbe, die sich Arbeit und Einsamkeit nennen. Zuerst öffne er der Phantasie die Tore sperrangelweit; dann setze er die Feile an. Die Dichtung sei betitelt *Die Erde*; es handle sich um eine Schilderung des Planeten, die es natürlich nicht an pittoresken Abschweifungen und kühnen Apostrophen fehlen lasse.

Ich bat ihn, mir wenigstens eine kurze Stelle vorzulesen. Er zog eine Schublade am Schreibtisch auf, nahm ein dickes Bündel Heftblätter heraus, die aufgedruckt den Kopf der Bibliothek Juan Crisóstomo Lafinur trugen, und las voll hallender Selbstgefälligkeit:

He visto, como el griego, las urbes de los hombres,
Los trabajos, los días de varia luz, el hambre;

No corrijo los hechos, no falseo los nombres,
Pero el voyage *que narro, es…*
autour de ma chambre.

Ich sah, wie der Grieche, die Städte der Menschen,
Die Werke, die Tage verschiedenen Lichts, den Hunger;
Ich korrigiere nicht Tatsachen, verfälsche nicht Namen,
Doch führt *le voyage* den ich erzähle…
autour de ma chambre.

»Eine in jeder Hinsicht interessante Strophe«, befand er. »Der erste Vers gewinnt den Beifall des Gelehrten, des Akademikers, des Hellenisten, wenn nicht gar der Möchtegern-Schöngeister, die einen ansehnlichen Teil des Publikums ausmachen; die zweite geht von Homer zu Hesiod über (womit ich hier an der Stirnseite des poetischen Prunkbaus eine implizite Huldigung an den Vater der Lehrdichtung anbringe), nicht ohne ein Kunstmittel wiederzubeleben, das sich von der Heiligen Schrift herleitet, nämlich die Aufzählung, Häufung oder Ballung; der dritte Vers – Literaturbarock, Dekadentismus, geläuterter und fanatischer Formkult? – besteht aus Zwillings-Hemistichen; der vierte, unumwunden zweisprachig, sichert mir die uneingeschränkte Zustimmung jedes den unbefangenen Neckereien des Scherzgedichts aufgeschlossenen Geistes. Ganz zu schweigen von dem seltenen Reim sowie der Ausschmückung, die mir – ohne Pedanterie – gestattet, in vier Versen drei gelehrte Anspielungen unterzubringen, die dreißig Jahrhunderte zusammengedrängter Literatur umspannen: die erste auf die *Odyssee*, die zweite auf *Werk und Tage*, die dritte auf die unsterbliche Bagatelle, die wir den Mußestunden der Feder des Savoyarden verdanken… Ich lerne wieder einmal verstehen, daß die moderne Kunst nach dem Balsam des heiteren Gelächters, dem *scherzo* lechzt. Ganz gewiß hat das Wort Goldoni!«

Noch viele weitere Strophen las er mir vor, die gleichfalls seine Billigung fanden und von ihm verschwenderisch kommentiert wurden. Bemerkenswertes stand in keiner; doch hielt ich sie auch nicht für viel schlechter als die vorstehende. An seinem Stil hatten Beflissenheit, Entsagung und Zufall mitgewirkt; die Tugenden, die Daneri den Versen nachsagte, waren Qualitäten *a posteriori*. Ich begriff, daß die Arbeit des Dichters nicht im Dichten bestand, sondern im Erfinden von Gründen, die Dichtung herrlich zu finden; natürlich veränderte diese nachträgliche Arbeit das Werk für ihn, aber nicht für andere. Daneris mündliche Wiedergabe war extravagant; seine Ungeschicklichkeit in der Metrik verbot ihm, von ganz wenigen Stellen abgesehen, diese Extravaganz auf die Dichtung zu übertragen.*

Ein einziges Mal in meinem Leben hatte ich Gelegenheit, die 15000 Zwölfsilbler des *Polyolbion* durchzuackern, jenes topographischen Epos, in dem Michael Drayton Fauna, Flora, Gewässer- und Gebirgskunde, Militär- und Mönchsgeschichte Englands verzeichnet hat; ich bin sicher, daß dieses stattliche, aber begrenzte Produkt weniger langweilig ist als das ähnlich angelegte Riesenunternehmen von Carlos Argentino. Hatte er doch vor, die Gesamtrundung des Planeten in Verse zu bringen; im Jahre 1941 hatte er bereits einige Hektar des Staates Queensland erledigt und über einen Kilometer vom Lauf des Ob, einen Gasometer im Norden von Veracruz, die wichtigsten Geschäftshäuser der Gemeinde Concepción, das Landhaus von Mariana Cambáceres de Alvear in der Calle Once de Setiembre in Belgrano und ein Türkisches Bad unweit des berühmten Aquariums

* Doch erinnere ich mich an folgende Verszeilen einer Satire, in der er mit herbem Spott die schlechten Dichter geißelte:

Aqueste da al poema belicosa armadura
De erudición; estotro le da pompas y galas.
Ambos baten en vano las ridículas alas...
Olvidaron, cuitados, el factor HERMOSURA!

Alldieser giebt dem Dichtwerk kriegerliche Rüstung
Von Gelahrtheit; alljener giebt ihm Pomps und Prunkes.
Eitel schlagen beide mit lächerlichen Schwingen...
Sie vergaßen, die Kümmerlinge, den Faktor SCHÖNHEIT!

Nur die Furcht, eine Heerschar unversöhnlicher und mächtiger Feinde gegen sich aufzubieten, riet ihm (wie er mir sagte) von der unerschrockenen Veröffentlichung des Gedichts ab.

von Brighton. Er las mir ein paar besonders mühsame Stellen aus der australischen Zone seiner Dichtung vor; diese ausgewalzten formlosen Alexandriner ließen den verhältnismäßig bewegten Gang der Eingangsverse vermissen. Ich gebe eine Strophe wieder:

Sepan. A manderecha del poste rutinario
(Viniendo, claro está, desde el Nornoroeste)
Se aburre una osamenta ¿Color? Blanquiceleste –
Que da al corral de ovejas catadura de osario.

Man höre. Rechter Hand des routinierten Pfostens
(Man kommt, natürlich, von Nordnordwesten)
Langweilt sich ein Skelett – Farbe? Weißhimmlisch –
Das den Schafpferch wie ein Beinhaus erscheinen läßt.

»Zwei Kühnheiten!« rief er jubelnd. »Ausgetüftelt, höre ich dich brummen, um Effekt zu machen. Zugegeben, zugegeben. Die eine: das Beiwort ›routiniert‹, das *en passant* unübertrefflich die mit Weide- und Landarbeit unweigerlich verbundene Langeweile zum Ausdruck bringt, die weder die *Georgica* noch unser bereits lorbeerbekränztes *Don Segundo* je so unverblümt denunziert haben. Die andere: der kraftvolle Prosaismus ›langweilt sich ein Skelett‹, den der Zärtling mit Abscheu wird verbannt wissen wollen, den aber der Kritiker von männlichem Geschmack höher wird schätzen als sein Leben. Überdies ist der ganze Vers wie auf der Goldwaage abgewogen. Der zweite Halbvers spinnt mit dem Leser den muntersten Schwatz an, kommt seiner brennenden Neugier zuvor, legt ihm eine Frage in den Mund und beantwortet sie ... im Nu. Und was sagst du zu meinem poetischen Fund ›weißhimmlisch‹? Dieser pittoreske Neologismus *suggeriert* den Himmel, der für die australische Landschaft so ungemein bedeutsam ist. Ohne diese Beschwörung enthielte die Skizze ein Übermaß an düsteren Farbtönen, und der Leser sähe sich gezwungen, den Band zu schließen, in innerster Seele von unheilbarer und schwarzer Melancholie getroffen.«

Gegen Mitternacht verabschiedete ich mich.

Am übernächsten Sonntag rief Daneri mich an; ich glaube, zum erstenmal in meinem Leben. Er schlug vor, wir sollten uns um vier Uhr treffen, »um zusammen ein Glas Milch zu trinken, und zwar in der Salon-Bar an der Ecke, deren Eröffnung wir der Fortschrittlichkeit von Zunino und Zungri – du weißt, die Eigentümer meines Hauses – zu verdanken haben, eine Confiserie, die du unbedingt wirst kennenlernen wollen«. Ich sagte zu, eher resigniert denn begeistert. Wir hatten Mühe, einen Tisch zu finden; die »Salon-Bar«, erbarmungslos modern, blieb hinter meinen gräßlichsten Befürchtungen nur wenig zurück; an den Nachbartischen nannte die erregte Gästeschar die Summen, die von Zunino und Zungri ohne Feilschen investiert worden waren. Carlos Argentino tat so, als sei er platt über irgendwelche Errungenschaften der Beleuchtungseinrichtung (die er gewiß schon kannte) und sagte mir mit strengem Nachdruck:

»Du wirst, wenn auch widerstrebend, zugeben müssen, daß es das Lokal hier mit den höchstgestochenen in Flores aufnehmen kann.«

Dann las er mir noch einmal vier oder fünf Seiten der Dichtung vor. Er hatte sie dem entarteten Prinzip schieren Wortgepränges folgend überarbeitet. Wo er vorher »blau« geschrieben hatte, schwelgte er jetzt in »blauend«, »bläulich«, ja »azuren«. Das Wort »milchig« war ihm noch nicht häßlich genug; in der schwungvollen Schilderung einer Wollwäscherei zog er »milchern«, »molkicht«, »molken«, »molkös« vor... Bitterlich schmähte er die Kritiker; dann verglich er sie, etwas gnädiger, mit Menschen, »die weder über Edelmetalle noch über Dampfpressen, Walzen und Schwefelsäure verfügen, um Goldschätze auszumünzen, die jedoch *den anderen den Ort* eines Schatzes *andeuten* können«. Im selben Atem rügte er die *Prologomanie*, »über die sich in seinem köstlichen Vorwort zum *Don Quijote* bereits der Fürst der Scharfsinnigen lustig gemacht hat«. Er räumte jedoch ein, daß auf die Titelseite seines neuartigen Werks der prunkende Prolog gehöre, von namhafter Hand *con brio* appliziert. Er setzte hinzu, daß er sich mit dem Gedanken trage, die einleitenden Gesänge seiner Dichtung zu veröffentlichen. Erst da verstand ich die sonderbare telefonische Einladung; der Mann war drauf und dran, mich zu bitten, seinen pedantischen Plunder zu bevorworten. Meine Furcht war jedoch unbegründet: Carlos Argentino stellte mit grollender Bewunderung fest, er glaube sich nicht im Epitheton zu irren, wenn er das Prestige gefestigt nenne, das Álvaro Melián Lafinur in sämtlichen literarischen Kreisen erworben habe, dieser *homme de lettres*, der, sofern ich mich dafür einsetzte, seine Dichtung von Herzen gern mit einem Geleitwort versehen werde. Um einem Mißgriff, der schlechthin unverzeihlich wäre, vorzubeugen, müßte ich mich zum Sprachrohr zweier unbestreitbarer Verdienste machen: der formalen Perfektion und der wissenschaftlichen Strenge, »insofern dieser weitläufige Garten poetischer Tropen, Figuren und Zierate nicht die geringfügigste Einzelheit duldet, die nicht vor der strikten Wahrheit bestehen kann«. Er fügte hinzu, Beatriz habe sich immer mit Álvaro amüsiert.

Ich sagte zu, sagte wortreich zu. Ich erklärte, um meine Bereitschaft in ein noch wahrscheinlicheres Licht zu rücken, daß ich nicht am Montag, sondern am Donnerstag mit Álvaro sprechen wolle: während des kleinen Abendessens, das jede Versammlung des Schriftstellerclubs zu krönen pflege. (Derartige Abendessen existieren nicht, doch finden die Versammlungen nachweislich am Donnerstag statt, wovon Carlos Argentino sich an Hand der Zeitungen überzeugen konnte, und was dem Satz eine gewisse Realität verlieh.) Ich sagte mit vorausblickender Schläue, daß ich, bevor ich auf das Vorwort zu sprechen käme, den eigenartigen Plan des Werkes schildern wolle. Wir verabschiedeten uns; als ich in die Calle Bernardo de Irigoyen einbog, faßte ich ganz unparteiisch die zwei Zukünfte, die mir blieben, ins Auge: a) mit Álvaro sprechen und ihm sagen, daß der Vetter der seinerzeit auch ihm bekannten Beatriz (dieser erläuternde Euphemismus gäbe mir ein Recht, ihren Namen auszusprechen) ein Gedicht zusammengeschmiert habe, das die Grenzen der Kakophonie und der Konfusion ins Unabsehbare zu erweitern verspreche; b) nicht mit Álvaro reden. Ich erkannte hellseherisch, daß sich meine Trägheit für b) entscheiden würde.

Von Freitag früh an begann das Telefon mich nervös zu machen. Es empörte mich, daß dieses Instrument, das ehemals die unwiederbringliche Stimme von Beatriz hervorgebracht hatte, zum Behältnis der überflüssigen, vielleicht ergrimmten Anklagen dieses eingebildeten Carlos Argentino Daneri herabgesunken war. Glücklicherweise erfolgte nichts – außer dem unvermeidlichen Groll, den mir dieser Mann einflößte, der mich mit einer delikaten Mission betraut hatte und jetzt einfach sitzenließ.

Das Telefon verlor für mich seine Schrecken, aber gegen Ende Oktober rief Carlos Argentino mich an. Er war in höchster Aufregung; zuerst erkannte ich seine Stimme überhaupt nicht. Mit Trauer und Zorn stieß er hervor, daß diese nicht mehr zu bändigenden Zunino und Zungri unter dem Vorwand der Erweiterung ihrer ungeheuren Confiserie sein Haus abreißen wollten.

»Das Haus meiner Väter, mein Haus, das alteingesessene Haus in der Calle Garay«, wiederholte er und vergaß bei dem Singsang vielleicht seinen Kummer.

Es fiel mir nicht schwer, seine Betrübnis zu teilen. Wenn man die Vierzig hinter sich hat, wird jede Veränderung zum abscheulichen Symbol des Hingangs der Zeit; überdies handelte es sich um ein Haus, das mich tausendfältig an Beatriz erinnerte. Ich wollte diese hauchzarte Nuance zum Ausdruck bringen; mein Gesprächspartner hörte mich überhaupt nicht. Er sagte wenn Zunino und Zungri auf diesem sinnwidrigen Vorhaben bestünden, würde Doktor Zunni, sein Rechtsanwalt, *ipso facto* eine Schadenersatzklage einbringen und sie zwingen, 100 000 Pesos herauszurücken.

Der Name Zunni beeindruckte mich; seine Kanzlei Ecke Caseros und Tacuarí ist von sprichwörtlicher Seriosität. Ich fragte, ob er den Fall bereits übernommen habe. Daneri sagte, er wolle noch an diesem Nachmittag mit ihm sprechen. Er wurde unsicher und äußerte mit jener glatten, unpersönlichen Stimme, die wir anzunehmen pflegen, wenn es sich um etwas sehr Persönliches handelt, daß ihm, um die Dichtung zu Ende zu führen, das Haus unentbehrlich sei, denn in einem Winkel des Kellergeschosses befinde sich ein Aleph. Er erklärte, ein Aleph sei einer jener Punkte im Raum, die alle Punkte in sich enthalten.

»Es ist im Keller unter dem Eßzimmer«, erklärte er; die Angst ließ seine Redeweise fast erträglich werden. »Es gehört mir: Ich habe es entdeckt, als ich noch ein Kind war, bevor ich in die Schule kam. Die Kellertreppe ist steil, Onkel und Tante hatten mir streng verboten, hinunterzugehen, aber jemand hatte behauptet, im Keller gäbe es eine Welt. Später habe ich begriffen, daß er einen Reisekoffer meinte; ich habe aber angenommen, da wäre wirklich eine Welt. Ich bin heimlich hinuntergegangen, auf der verbotenen Treppe ausgerutscht und hingefallen. Als ich die Augen öffnete, habe ich das Aleph gesehen.«

»Das Aleph?« wiederholte ich.

»Ja, den Ort, an dem, ohne sich zu vermischen, alle Orte der Welt sind, aus allen Winkeln gesehen. Ich habe niemandem meine Entdeckung verraten, aber ich bin wieder hingegangen. Der Knabe konnte ja nicht wissen, daß ihm dieses Vorrecht zuteil wurde, damit dereinst der Mann das Gedicht meißele! Zunino und Zungri werden mich nicht ausplündern, nein und tausendmal nein. Mit dem Gesetzbuch in der Hand wird Doktor Zunni den Beweis antreten, daß mein Aleph *unveräußerlich* ist.«

Ich versuchte es mit vernünftigem Zureden. »Aber ist der Keller nicht sehr dunkel?«

»Die Wahrheit dringt nicht in ein widerspenstiges Hirn. Wenn alle Orte der Welt im Aleph sind, dann müssen auch alle Leuchtkörper, alle Lampen, alle Quellen des Lichts hier versammelt sein.«

»Ich will es mir auf der Stelle ansehen.«

Ehe er eine Widerrede äußern konnte, legte ich auf. Die Kenntnis einer Tatsache reicht aus, uns sofort eine Reihe bestätigender Züge wahrnehmen zu lassen, die man bis dahin nicht vermutet hatte; ich wunderte mich, daß ich bis zu diesem Augenblick nicht darauf gekommen war, daß Carlos Argentino wahnsinnig war. Überhaupt all diese Viterbos... Beatriz (das sage ich doch selbst immer wieder) war eine

Frau, ein kindliches Geschöpf von geradezu erbarmungslosem Scharfblick; und doch gab es auch bei ihr Nachlässigkeiten, Zerstreutheiten, Versäumnisse, ja wahre Grausamkeiten, die vielleicht einer pathologischen Erklärung bedurften. Carlos Argentinos Wahnsinn erfüllte mich mit boshafter Wonne; im Grunde hatten wir einander nie ausstehen können.

In der Calle Garay bat mich die Dienerin, ich möchte so gut sein und einen Augenblick warten. Der Junge halte sich wie immer im Keller auf und entwickele Fotografien. Neben der großen Vase ohne Blume lächelte auf dem überflüssigen Piano (eher zeitlos als anachronistisch) das große Porträt von Beatriz in plumpen Farben. Niemand konnte uns sehen; mit liebevoller Verzweiflung näherte ich mich dem Bild und sagte ihm:

»Beatriz, Beatriz Elena, Beatriz Elena Viterbo, geliebte Beatriz, für immer verlorene Beatriz, ich bin es, Borges.«

Bald darauf trat Carlos ein. Er sprach ganz trocken; ich begriff, daß er an nichts anderes denken konnte als an den Verlust des Aleph.

»Ein Gläschen von dem Pseudo-Kognak«, befahl er, »dann sollst du in den Keller tauchen. Wie gesagt: Rückenlage ist unerläßlich. Desgleichen Dunkelheit, Reglosigkeit, eine gewisse Gewöhnung des Auges. Du legst dich rücklings auf den Fliesenboden und heftest den Blick auf die neunzehnte Stiege der zugehörigen Steige. Ich gehe, schließe die Luke, und du bleibst allein zurück. Solltest du vor irgendeinem Nagetier Angst haben – macht nichts. Binnen weniger Minuten erblickst du das Aleph, den Mikrokosmos der Alchimisten und Kabbalisten, den konkreten Gottseibeiuns, das *multum in parvo*!«

Schon im Speisezimmer fügte er hinzu: »Es versteht sich von selbst, daß, falls du es nicht siehst, deine Unfähigkeit mein Zeugnis nicht entkräftet... Geh hinunter, binnen kürzester Frist wirst du mit *allen* Bildern von Beatriz Zwiesprache halten können...«

Ich stieg rasch hinunter, überdrüssig seines dämlichen Geredes. Der Keller, kaum breiter als die Treppe, hatte viel von einem Brunnenschacht. Vergeblich suchte ich mit Blicken den Koffer, von dem Carlos Argentino gesprochen hatte. Ein paar Kisten mit Flaschen und ein paar Segeltuchtaschen verstopften eine Ecke. Carlos ergriff eine Tasche, faltete sie zusammen und legte sie an eine bestimmte Stelle.

»Das Kissen ist kärglich«, erklärte er; »höbe ich es jedoch nur um einen Zentimeter an, sähest du keinen Pfifferling und müßtest verärgert und beschämt den Rückzug antreten. Bequeme deine leibliche Fracht hier auf den Boden und zähle neunzehn Stufen ab.«

Ich gehorchte seinen lächerlichen Anweisungen; endlich ging er. Behutsam schloß er die Falltür. Die Finsternis, abgesehen von einer Ritze, die ich erst später entdeckte, schien mir vollkommen. Auf einmal begriff ich die Gefahr, in der ich schwebte; von einem Wahnsinnigen hatte ich mich lebendig begraben lassen, nachdem er mir Gift verabreicht hatte. Aus Carlos' prahlerischen Reden sprach die Angst, ich könnte die Wundererscheinung vielleicht nicht sehen; Carlos, um seinen Wahn in Schutz zu nehmen, um nicht zu wissen, daß er wahnsinnig war, *mußte mich umbringen.* Ich empfand ein dumpfes Unbehagen, das ich auf meine Steifheit, nicht auf die Wirkung eines Narkotikums zurückzuführen versuchte. Ich schloß die Augen, öffnete sie wieder. Da sah ich das Aleph.

Nun komme ich zum unsagbaren Mittelpunkt meines Berichts; hier beginnt meine Verzweiflung als Schriftsteller. Alle Sprache ist ein Alphabet aus Symbolen, deren Anwendung eine den Gesprächspartnern gemeinsame Vergangenheit voraussetzt; wie soll ich anderen das unendliche Aleph mitteilen, das mein furchtsames Gedächtnis kaum erfaßt? Die Mystiker helfen sich in einer ähnlichen Klemme mit einer Fülle von Emblemen: um die Gottheit zu bezeichnen, spricht ein Perser von einem Vogel, der irgendwie alle Vögel ist; Alanus ab Insulis von einem Kreis, dessen Mittelpunkt überall, dessen Umfang aber nirgendwo ist; Ezechiel von einem Engel mit vier Gesichtern, der sich gleichzeitig nach Osten und Westen, nach Norden und Süden wendet. (Nicht umsonst erinnere ich an diese unbegreiflichen Analogien; sie stehen mit dem Aleph in einer gewissen Beziehung.) Vielleicht würden auch mir die Götter den Fund eines entsprechenden Bildes nicht versagen, aber dann wäre dieser Bericht kontaminiert von Literatur, von Falschheit. Überdies ist das Kernproblem unlösbar: die Aufzählung, wenn auch nur die teilweise, eines unendlichen Ganzen. In diesem gigantischen Augenblick habe ich Millionen köstlicher oder gräßlicher Vorgänge gesehen; keiner erstaunte mich so sehr wie die Tatsache, daß sie alle in demselben Punkt stattfanden, ohne Überlagerung und ohne Transparenz. Was meine Augen sahen, war simultan: was ich beschreiben werde, ist sukzessiv, weil die Sprache es ist. Etwas davon will ich gleichwohl festhalten.

Im unteren Teil der Stufe, rechter Hand, sah ich einen kleinen regenbogenfarbenen Kreis von fast unerträglicher Leuchtkraft. Anfangs glaubte ich, er drehe sich um sich selber; später begriff ich, daß diese Bewegung eine Illusion war, hervorgerufen durch die schwindelerregenden Schauspiele, die er barg. Im Durchmesser mochte das Aleph zwei oder drei Zentimeter groß sein, aber der kosmische Raum war darin, ohne Minderung seines Umfangs. Jedes Ding (etwa die Scheibe eines Spiegels) war eine Unendlichkeit von Dingen, weil ich sie aus allen Ecken des Universums deutlich sah. Ich sah das belebte Meer, ich sah Morgen- und Abendröte, ich sah die Menschenmassen Amerikas, ich sah ein silbriges Spinnennetz im Zentrum einer schwarzen Pyramide, sah ein aufgebrochenes Labyrinth (das war London), sah unzählige ganz nahe Augen, die sich in mir wie in einem Spiegel ergründeten, sah alle Spiegel des Planeten, doch reflektierte mich keiner, sah in einem Durchgang der Calle Soller die gleichen Fliesen, die ich vor dreißig Jahren im Flur eines Hauses in Fray Bentos gesehen hatte, ich sah Weintrauben, Schnee, Tabak, Metalladern, Wasserdampf, ich sah aufgewölbte Wüsten am Äquator und jedes einzelne Sandkorn darin, sah in Inverness eine unvergeßliche Frau, sah das unbändige Haar, den hochgemuten Körper, sah eine Krebsgeschwulst in der Brust, sah einen Kreis trockener Erde auf einem Pfad, wo vordem ein Baum gestanden hatte, sah in einem Landhaus in Adrogué ein Exemplar der ersten englischen Pliniusübersetzung, der von Philemon Holland, sah gleichzeitig jeden Buchstaben auf jeder Seite (als Kind wunderte ich mich immer, daß die Lettern in einem geschlossenen Buch nicht bei Nacht durcheinandergeraten und sich verirren), ich sah die Nacht und den Tag gleichzeitig, sah einen Sonnenuntergang in Querétaro, der die Farbe einer Rose in Bengalen widerzustrahlen schien, sah mein Schlafzimmer und niemanden darin, sah in einem Kabinett von Alkmaar einen Globus zwischen zwei Spiegeln, die ihn endlos vervielfältigen, sah Pferde mit zerstrudelter Mähne auf einem Strand am Kaspischen Meer in der Morgenfrühe, sah das feine Knochengerüst einer Hand, sah die Überlebenden einer Schlacht, wie sie Postkarten schrieben, sah in einem Schaufenster in Mirzapur ein spanisches Kartenspiel, sah die schrägen Schatten von Farnen am Boden eines Treibhauses, sah Tiger, Dampfkolben, Bisons, Sturzfluten und Heereszüge, sah alle Ameisen, die es auf der Erde gibt, sah ein persisches Astrolabium, sah in einer Schublade des Schreibtischs (und beim Anblick der Handschrift erbebte ich) obszöne, unglaubliche, eindeutige Briefe, die Beatriz an Carlos Argentino geschrieben hatte, sah ein angebetetes Denkmal auf dem Chacarita-Friedhof, sah die gräßliche Reliquie dessen, was so köstlich Beatriz Viterbo gewesen war, sah das Kreisen meines dunklen Blutes, sah das Räderwerk der Liebe und die Veränderung des Todes, sah das Aleph aus allen Richtungen zugleich, sah im Aleph die Erde und in der Erde abermals das Aleph und im Aleph die Erde, sah mein Gesicht und meine Eingeweide, sah dein Gesicht und fühlte Schwindel und weinte, weil meine Augen diesen geheimen und gemutmaßten Gegenstand erschaut hatten, dessen Namen die Menschen in Beschlag nehmen, den aber kein Mensch je erblickt hat: das unfaßliche Universum.

Ich fühlte unendliche Verehrung, unendliches Bedauern.

»Der Schädel muß dir brummen von allem, was du unberufen ausspioniert hast«, sagte eine widerwärtige joviale Stimme. »Wenn du dir auch das Gehirn ausschwitzt – nicht in einem Jahrhundert wirst du mir diese Offenbarung heimzahlen können. Ein sagenhaftes Observatorium, was, Borges?«

Die Schuhe von Carlos Argentino nahmen die oberste Stufe ein. Im jähen Zwielicht gelang es mir, mich aufzuraffen und zu stammeln:

»Sagenhaft. Ja, sagenhaft.«

Der gleichgültige Klang meiner Stimme befremdete mich. Ängstlich gespannt fragte Carlos Argentino:

»Hast du auch alles richtig gesehen, in Farben?«

In diesem Moment sah ich meine Rache. Wohlwollend, betont mitleidig, nervös, ausweichend dankte ich Carlos Argentino für die Gastlichkeit seines Kellers und legte ihm dringend nahe, den Abbruch des Hauses zu benutzen, um sich von der verderblichen Metropole zu entfernen, die keinen – »glaub mir, keinen!« – ungeschoren läßt. Ich versagte mich mit sanftem Nachdruck der Erörterung des Aleph; ich umarmte ihn zum Abschied und sagte ihm noch einmal, daß Landluft und Ausspannung zwei vortreffliche Ärzte sind.

Auf der Straße, auf den Treppen von Constitución, in der Untergrundbahn kamen mir alle Gesichter bekannt vor. Ich fürchtete, daß kein Ding mehr imstande sei, mich zu überraschen, ich fürchtete, nie mehr den Eindruck von Wiederkehr loszuwerden. Glücklicherweise überfiel mich nach ein paar Nächten der Schlaflosigkeit wiederum das Vergessen.

Nachtrag vom 1. März 1943. – Sechs Monate nach dem Abriß des Gebäudes in der Calle Garay warf der Verlag Procrustes, ohne sich von der Länge der stattlichen Dichtung abschrecken zu lassen, eine Auswahl »Argentinischer Stücke« auf den Markt. Es ist müßig, alles aufzuzählen, was dann geschah; Carlos Argentino Daneri erhielt den Zweiten Nationalpreis für Literatur*. Der Erste wurde Doktor Aita

* »Ich habe Deine grämliche Gratulation erhalten«, schrieb er mir. »Aufwallungen, mein beklagenswerter Freund, von schierem Neid, aber auch wenn Du daran erstickst, wirst Du zugeben müssen, daß ich diesmal mein Barett mit der flammendsten Feder krönen konnte, meinen Turban mit dem *Kalifen* aller Rubine.«

zugesprochen, der Dritte Doktor Mario Bonfanti; unglaublicherweise entfiel auf mein Werk *Die Karten des Zinkers* keine einzige Stimme. Wieder einmal trugen Unverständnis und Neid den Sieg davon. Schon seit langem sehe ich Daneri nicht mehr; die Zeitungen stellen das Erscheinen eines weiteren Bandes in Kürze in Aussicht. Seine glückliche Feder (der jetzt kein Aleph mehr im Wege steht) hat sich einer Versifizierung der Stoffsammlungen von Doktor Acevedo Diaz zugewandt.

Zwei Bemerkungen will ich noch anfügen: eine über das Wesen des Aleph, eine andere über seinen Namen. Aleph ist bekanntlich der erste Buchstabe des Alphabets der heiligen Sprache. Seine Anwendung auf die Scheibe in meiner Geschichte scheint kein Zufall zu sein. Für die Kabbala bezeichnet dieser Buchstabe das En Soph, die unbegrenzte und lautere Göttlichkeit; auch wurde gesagt, daß das Aleph die Gestalt eines Menschen habe, der auf den Himmel und die Erde zeigt um anzudeuten, daß die untere Welt Spiegel und Kartenbild der oberen sei; in der *Mengenlehre* ist es das Zeichen für die transfiniten Zahlen, bei denen das Ganze nicht größer ist als eines seiner Teile. Ich möchte wissen: Hat Carlos Argentino diesen Namen erwählt, oder hat er ihn gelesen, *in bezug auf einen anderen Punkt, in dem alle Punkte zusammentreffen*, in einem der zahllosen Texte, die das Aleph seines Hauses ihm enthüllte? So unglaublich die Sache erscheinen mag; ich glaube, daß es ein anderes Aleph gibt (oder gab), ich glaube, daß das Aleph in der Calle Garay ein falsches Aleph war.

Und zwar aus folgenden Gründen. Um das Jahr 1867 hatte Hauptmann Burton in Brasilien das Amt eines britischen Konsuls inne; im Juli 1942 entdeckte Pedro Henríquez Ureña in einer Bibliothek von Santos ein Manuskript von ihm, das von dem Spiegel handelt, den der Orient Iskandar Zul-Karnayn oder Alexander Bicornis von Makedonien zuschreibt. In seinem Kristall spiegelte sich das gesamte Universum. Burton erwähnt andere ähnlich geartete Geräte: den siebenfachen Kelch von Kai Khosru, den Spiegel, den Tarik Ibn Ziyad in einem Turm fand (*1001 Nacht*, 272), den

Spiegel, den Lukian von Samosata auf dem Mond untersuchen konnte (*Wahre Geschichte*, I, 26), die Spiegellanze, die das erste Buch des *Satyricon* von Capella dem Jupiter zuschreibt, Merlins Weltenspiegel, »rund und hohl und gleich einer Welt aus Glas« (*The Faerie Queene*, III, 2, 19) – und er fügt die folgenden merkwürdigen Worte hinzu: »Die vorstehend erwähnten jedoch (ganz abgesehen von dem Mangel, daß es sie nicht gibt) sind lediglich optische Instrumente. Die Gläubigen, die sich zu Kairo in der Amr-Moschee versammeln, wissen ganz genau, daß das Universum im Innern einer der Steinsäulen ist, die den Mittelhof umgeben ... Natürlich kann niemand sie sehen; aber wer das Ohr an ihre Oberfläche legt, erklärt, daß er alsbald ihr geschäftiges Brausen hört ... Die Moschee stammt aus dem siebten Jahrhundert; die Säulen kommen aus anderen Tempeln vorislamischer Religionen, denn, wie bei Ibn Khaldun zu lesen steht: ›In von Nomaden gegründeten Gemeinwesen ist bei allem, was mit Maurerhandwerk zu tun hat, die Mitwirkung von Fremden unentbehrlich.‹«

Existiert das Aleph im Inneren eines Steins? Habe ich es gesehen, als ich alle Dinge sah, und habe ich es vergessen? Unser Geist ist dem Vergessen gegenüber porös; ich selbst verfälsche und verliere doch infolge der tragischen Erosion der Jahre die Gesichtszüge von Beatriz.

Für Estela Canto

Die Narbe

Eine grimmige Narbe lief ihm quer über das Gesicht: ein aschfarbener und fast vollkommener Bogen, der an einem Ende die Schläfe, am anderen den Backenknochen furchte. Sein wahrer Name spielt keine Rolle; alle in Tacuarembó nannten ihn »der Engländer von *La Colorada*«. Der Besitzer dieser Ländereien, Cardoso, wollte nicht verkaufen; man hat mir erzählt, der Engländer habe zu einem überraschenden Argument gegriffen: Er vertraute ihm die geheime Geschichte der Narbe an. Der Engländer kam von der Grenze, von Rio Grande do Sul; natürlich sagten einige, er sei in Brasilien Schmuggler gewesen. Die Weiden waren von Unkraut überwuchert, die Wasser der Tränken bitter; um diese Mängel zu beheben, arbeitete der Engländer Seite an Seite mit seinen Peones. Es heißt, daß er streng war bis zur Grausamkeit, aber peinlich gerecht. Es heißt auch, daß er ein Trinker war: Ein paarmal im Jahr schloß er sich im Erkerzimmer ein und tauchte nach zwei oder drei Tagen auf wie aus einer Schlacht oder einem Taumel, bleich, zittrig, erregt und so herrisch wie vorher. Ich erinnere mich an die eisigen Augen, die tatkräftige Magerkeit, den grauen Schnurrbart. Er gab sich mit niemandem ab; allerdings war sein Spanisch armselig, mit Brasilianisch durchsetzt. Außer dem einen oder anderen Geschäftsbrief oder einer Drucksache bekam er keine Post.

Als ich das letzte Mal die Nordprovinzen durchreiste, zwang mich ein Hochwasser des Caraguatá, eine Nacht auf *La Colorada* zu verbringen. Schon nach wenigen Minuten glaubte ich zu bemerken, daß mein Erscheinen ungelegen kam; ich versuchte, mich dem Engländer angenehm zu machen; ich wandte mich an die undeutlichste aller Leidenschaften: den Patriotismus. Ich sagte, ein Land vom Geiste Englands sei unbesiegbar. Mein Gesprächspartner stimmte bei, fügte aber mit einem Lächeln hinzu, daß er kein Engländer sei. Er sei Ire, aus Dungarvan. Nachdem er dies gesagt hatte, hielt er ein, als hätte er ein Geheimnis verraten.

Nach dem Abendessen gingen wir hinaus, um den Himmel zu betrachten. Er hatte sich aufgeklärt, aber hinter der Hügelkette braute der Süden, von Blitzen gefurcht und gezeichnet, ein neues Gewitter zusammen. Ins öde Eßzimmer brachte der Peon, der das Essen aufgetragen hatte, eine Flasche Rum. Wir tranken lange Zeit, schweigend.

Ich weiß nicht, wieviel Uhr es war, als ich merkte, daß ich betrunken war; ich weiß nicht, welche Eingebung oder welcher Drang oder welche Langeweile mich veranlaßte, die Narbe zu erwähnen. Das Gesicht des Engländers verfärbte sich; ein paar Sekunden lang glaubte ich, er werde mich aus dem Hause werfen. Schließlich sagte er mir mit seiner normalen Stimme:

»Ich will Ihnen die Geschichte meiner Verwundung erzählen, unter einer Bedingung: daß ich keine Gemeinheit, keinen schändlichen Umstand beschönige.«

Ich stimmte zu. Dies ist die Geschichte, die er erzählte, wobei er zwischen Englisch und Spanisch und auch Portugiesisch hin und her wechselte.

»Um 1922 war ich in einer Stadt in Connaught einer der vielen, die einer Verschwörung für die Unabhängigkeit Irlands angehörten. Von meinen Kameraden leben einige noch und gehen friedlichen Beschäftigungen nach; andere kämpfen paradoxerweise auf See oder in der Wüste unter der englischen Fahne; einer, der beste, ist auf einem Kasernenhof gestorben, im Morgengrauen, erschossen von schlaftrunkenen Männern; andere (und nicht die unglücklichsten) hat ihr Schicksal in den namenlosen und fast geheimen Schlachten des Bürgerkriegs ereilt. Wir waren Republikaner, Katholiken; wir waren, vermute ich, Romantiker. Irland war für uns nicht nur die utopische Zukunft und die unerträgliche Gegenwart; es war eine bittere und zärtliche Mythologie, die runden Türme und die roten Moore, es war die Verstoßung Parnells und die gewaltigen Heldenlieder, die den Raub der Stiere besingen, die in einem früheren Leben Helden waren und in anderen Fische und Berge... In einer Abenddämmerung, die ich nicht vergessen werde, ist einer unserer Parteigänger aus Munster zu uns gestoßen: ein gewisser John Vincent Moon.

Er war knapp 20 Jahre alt. Er war mager und gleichzeitig aufgeschwemmt, machte den unangenehmen Eindruck, als hätte er kein Rückgrat. Er hatte mit glühendem Eifer und mit Eitelkeit fast alle Seiten irgendeines kommunistischen Handbuches studiert; der dialektische Materialismus hat ihm dazu gedient, jede Diskussion zu ersticken. Es gibt unendlich viele Gründe, aus denen ein Mensch den andern verabscheuen oder lieben kann: Moon hat die Weltgeschichte auf einen einzigen dumpfen ökonomischen Konflikt reduziert. Er hat immer behauptet, daß die Revolution dazu prädestiniert ist, am Ende zu triumphieren. Ich habe ihm gesagt, nur eine verlorene Sache könnte einen *gentleman* interessieren... Es war schon Nacht; wir haben uns weiter gestritten, auf dem Gang, den Treppen, dann in den verschwommenen Straßen. Die Urteile, die Moon abgab, haben mich nicht so sehr beeindruckt wie sein apodiktischer Ton, der keinen Widerspruch zuließ. Der neue Kamerad hat nicht diskutiert; mit Verachtung und einer Art von Zorn hat er Behauptungen aufgestellt.

Als wir zu den letzten Häusern kommen, betäubt uns ein plötzliches Gewehrfeuer. (Vorher oder hinterher sind wir die blinde Mauer einer Fabrik oder Kaserne entlanggegangen.) Wir biegen in eine ungepflasterte Straße ein; da taucht ein Soldat, riesengroß im Flammenschein, aus einer brennenden Hütte auf. Laut schreiend befiehlt er uns, stehenzubleiben. Ich gehe schneller; mein Kamerad folgt mir nicht. Ich schaue mich um: John Vincent Moon steht unbeweglich, festgebannt und wie zur Salzsäule erstarrt vor Schrecken. Da renne ich zurück, schlage mit einem Hieb den Soldaten nieder, schüttele Vincent Moon; beschimpfe ihn und befehle ihm, mir zu folgen. Ich habe ihn am Arm nehmen müssen; die Heftigkeit der Angst hatte ihn völlig gelähmt. Wir fliehen in die von Bränden durchlöcherte Nacht. Eine Gewehrsalve sucht uns; eine Kugel streift Moons rechte Schulter; während wir in die Fichten fliehen, bricht er in ein jämmerliches Schluchzen aus.

In diesem Herbst 1922 hatte ich mich in dem Landhaus des Generals Berkeley verborgen. Er (ich hatte ihn nie gesehen) hat damals ich weiß nicht welchen Verwaltungsposten in Bengalen bekleidet. Das Gebäude war noch kein Jahrhundert alt, aber verfallen und fahl und wimmelte von verwirrenden Gängen und unnützen Vorzimmern. Das Museum und die riesige Bibliothek nahmen das Erdgeschoß ein: einander widersprechende und unvereinbare Bücher, die irgendwie die Geschichte des 19. Jahrhunderts sind; Krummsäbel aus Nishapur, in deren verhaltenen Kreisbogen der Wind und die Wut der Schlacht fortzudauern scheinen. Wir sind (glaube ich mich zu erinnern) von der Rückseite hineingekommen. Moon murmelt mit zitternden und ausgetrockneten Lippen, die Ereignisse der Nacht wären interessant; ich habe ihn untersucht, ihm eine Tasse Tee gebracht; ich konnte feststellen, daß seine Wunde nur oberflächlich war. Plötzlich stammelt er bestürzt:

›Sie haben sich aber empfindlich in Gefahr gebracht!‹

Ich sage ihm, er soll sich deswegen keine Gedanken machen. (Die Gewohnheit des Bürgerkriegs hatte mich dazu gebracht, so zu handeln, wie ich gehandelt habe; außerdem hätte die Gefangennahme eines einzigen unserer Parteigänger unsere Sache gefährdet.)

Am nächsten Tag hat Moon seine Sicherheit wiedergewonnen. Er nimmt eine Zigarette an und unterwirft mich einem strengen Verhör über die ›ökonomischen Hilfsmittel unserer revolutionären Partei‹. Seine Fragen waren sehr genau; ich habe ihm (wahrheitsgemäß) gesagt, daß die Lage ernst war. Dabei erschüttern dumpfe Gewehrsalven den Süden. Ich sage Moon, daß uns die Kameraden erwarten. Mein Mantel und mein Revolver sind in meinem Zimmer; als ich zurückkomme, finde ich Moon auf dem Sofa ausgestreckt, mit geschlossenen Augen. Er behauptet, er hätte Fieber, und beruft sich auf einen schmerzhaften Krampf in der Schulter.

Da habe ich begriffen, daß seine Feigheit unheilbar war. Ich habe ihn unbeholfen gebeten, sich zu pflegen, und mich verabschiedet. Dieser Mann hat mich mit seiner Angst beschämt, als ob ich der Feigling wäre, nicht Vincent Moon. Was ein Mensch tut, ist so, als ob es alle Menschen täten.

Deswegen ist es nicht ungerecht, daß der Ungehorsam in einem Garten das ganze Menschengeschlecht befleckt; deswegen ist es nicht ungerecht, daß die Kreuzigung eines einzigen Juden genügt, es zu erlösen. Vielleicht hat Schopenhauer recht: Ich bin die anderen, jeder Mensch ist alle Menschen, Shakespeare ist irgendwie der jämmerliche John Vincent Moon.

Neun Tage haben wir in dem riesigen Haus des Generals verbracht. Von den Agonien und den Lichtblicken des Krieges will ich nicht reden: Ich will hier nur die Geschichte der Narbe erzählen, die mich schändet. Diese neun Tage bilden in meiner Erinnerung einen einzigen Tag, den vorletzten ausgenommen, an dem die Unseren eine Kaserne erstürmten und wir genau die sechzehn Kameraden rächen konnten, die in Elphin erschossen worden waren. Ich habe mich gegen Morgen aus dem Haus geschlichen, in der ungewissen Dämmerung. Bei Anbruch der Nacht war ich zurück. Mein Gefährte hat mich im oberen Stockwerk erwartet; seine Wunde hat es ihm nicht erlaubt, ins Erdgeschoß herunterzukommen. Ich erinnere mich genau, daß er ein Strategie-Buch in der Hand hielt. F. N. Maude oder Clausewitz. ›Meine Lieblingswaffe ist die Artillerie‹, hat er mir in einer Nacht gestanden. Er hat nach unseren Plänen gefragt; er hat sie immer gern getadelt oder verbessert. Außerdem hat er ›unsere beklagenswerte ökonomische Basis‹ denunziert und lehrhaft und düster das schlimme Ende prophezeit. ›*C'est une affaire flambée*‹, hat er gemurmelt. Um zu zeigen, daß es ihm gleichgültig war, ein Feigling zu sein, hat er mit seinem geistigen Hochmut geprahlt. So sind, recht oder schlecht, neun Tage vergangen.

Am zehnten ist die Stadt dann endgültig in die Hände der *Black and Tans* gefallen. Hoch zu Roß sind Wachen schweigend durch die Straßen patroulliert; der Wind war voll Rauch und Asche; an einer Ecke habe ich einen Leichnam herumliegen sehen, der aber in meiner Erinnerung weniger haftet als eine Puppe, an der die Soldaten mitten auf dem Platz unaufhörlich ihre Schießkünste erproben ... Ich bin fortgegangen, als das Morgengrauen am Himmel stand; vor Mittag war ich zurück. Moon hat in der Bibliothek mit jemandem geredet; am Ton seiner Stimme konnte ich erkennen, daß er telefoniert. Dann höre ich meinen Namen; dann, daß ich um sieben zurückkommen würde, dann den Tip, daß sie mich verhaften sollen, wenn ich durch den Garten gehe. Mein vernünftiger Freund war dabei, mich vernünftig zu verkaufen. Ich hörte ihn Garantien für seine persönliche Sicherheit fordern.

Hier verwirrt und verliert sich meine Geschichte. Ich weiß, daß ich den Verräter durch schwarze Albtraum-Gänge und über tiefe, schwindelerregende Treppen verfolgt habe. Moon kannte das Haus sehr gut, weit besser als ich. Ein- oder zweimal habe ich ihn verloren. Ich habe ihn gestellt, bevor die Soldaten mich aufhalten konnten. Von einem der Waffen-Arrangements des Generals habe ich einen Pallasch heruntergerissen; mit diesem stählernen Halbmond habe ich ihm für immer einen blutigen Halbmond ins Gesicht gezeichnet. Borges: Ihnen, einem Fremden, habe ich diese Beichte abgelegt. Ihre Verachtung schmerzt mich nicht so sehr.«

Hier hielt der Erzähler inne. Ich bemerkte, daß seine Hände zitterten.

»Und Moon?« fragte ich ihn.

»Hat den Judaslohn eingestrichen und ist nach Brasilien geflohen. An jenem Nachmittag hat er gesehen, wie auf dem Platz eine Puppe von Betrunkenen füsiliert wurde.«

Ich wartete vergeblich auf die Fortsetzung der Geschichte. Endlich sagte ich, er solle doch fortfahren.

Da brach ein Stöhnen aus ihm; da wies er mir mit schwächlicher Sanftmut die krumme weißliche Narbe.

»Glauben Sie mir nicht?« stammelte er. »Sehen Sie nicht, daß ich auf dem Gesicht das Merkmal meiner Schande eingezeichnet trage? Ich habe Ihnen die Geschichte auf diese Weise erzählt, damit Sie sie zu Ende anhören. Ich habe den Mann verraten, der mich geschützt hatte: Ich bin Vincent Moon. Verachten Sie mich jetzt!«

[1942]

Deutsches Requiem

»Siehe, er wird mich doch erwürgen, und ich habe nichts zu hoffen: doch will ich meine Wege vor ihm verantworten.« *Hiob*, 13:15

Mein Name ist Otto Dietrich zur Linde. Einer meiner Vorfahren, Christoph zur Linde, fiel bei der Reiterattacke, die den Sieg von Zorndorf entschied. Mein Urgroßvater mütterlicherseits, Ulrich Forkel, wurde in den letzten Tagen des Jahres 1870 im Wald von Marchenoir von französischen Franctireurs ermordet; Hauptmann Dietrich zur Linde, mein Vater, zeichnete sich 1914 bei der Belagerung von Namur aus und zwei Jahre später beim Übergang über die Donau.* Was mich angeht, so wird man mich als Folterer und Mörder erschießen. Das Gericht ist korrekt verfahren; von Anfang an habe ich mich schuldig bekannt. Morgen, wenn die Gefängnisuhr neun schlägt, werde ich in den Tod gegangen sein; es ist nur natürlich, daß ich an meine Vorfahren denke, da ich nun ihrem Schatten so nahe, da ich nun in gewissem Sinne sie bin.

Während des Prozesses (der glücklicherweise kurz war) habe ich geschwiegen; damals hätte mich zu rechtfertigen die Urteilsfindung behindert und wäre als Feigheit erschienen. Jetzt liegen die Dinge anders; in dieser Nacht vor meiner Hinrichtung kann ich ohne Furcht reden. Ich will nicht begnadigt werden, denn in mir ist keine Schuld, sondern ich will, daß man mich versteht. Wer mir zuzuhören weiß, wird die Geschichte Deutschlands und die künftige Geschichte der Welt verstehen. Ich weiß, daß Fälle wie meiner, die heute

* Bezeichnenderweise übergeht der Verfasser seinen berühmtesten Vorfahren, nämlich den Theologen und Hebraisten Johannes Forkel (1799–1846), der Hegels Dialektik auf die Christologie anwendete, und dessen wörtliche Übersetzung einiger der apokryphen Bücher von Hengstenberg gerügt, von Thilo und Gesenius anerkannt wurde. (*Anmerkung des Herausgebers*)

noch erschreckende Ausnahmen sind, sehr bald trivial sein werden. Morgen werde ich sterben, aber ich bin ein Symbol der kommenden Generationen.

Geboren wurde ich 1908 in Marienburg. Zwei Leidenschaften, heute fast vergessen, halfen mir viele unselige Jahre mit Mut, ja mit Glück zu bestehen: die Musik und die Metaphysik. Ich kann nicht all meine Wohltäter erwähnen, aber auf die Nennung zweier Namen mag ich nicht verzichten: Brahms und Schopenhauer. Auch beschäftigte ich mich viel mit der Dichtung; den zwei vorerwähnten Namen will ich einen anderen umfassenden Namen germanischer Herkunft hinzufügen: William Shakespeare. Vorher interessierte mich die Theologie, aber von dieser phantastischen Disziplin (und vom christlichen Glauben) haben mich für immer durch direkte Argumente Schopenhauer, durch die unendliche Vielfalt ihrer Welt Shakespeare und Brahms abgebracht. Wenn je ein Mensch voll Staunen, in Rührung und Dankbarkeit erschauernd, vor einer Stelle im Werk dieser Glücklichen verharrt, mag er wissen, daß auch ich, der Abscheuliche, dort verweilte.

Um 1927 traten Spengler und Nietzsche in mein Leben. Ein Schriftsteller des 18. Jahrhunderts hat bemerkt, daß niemand seinen Zeitgenossen etwas verdanken will; so schrieb ich denn, um mich von einem, wie ich vorausfühlte, bedrückenden Einfluß zu befreien, einen Artikel »Abrechnung mit Spengler«; darin zeigte ich auf, daß das untrüglichste Zeugnis jener Wesenszüge, die der Verfasser »faustisch« nennt, nicht der dramatische Mischmasch Goethes ist, sondern ein vor zwanzig Jahrhunderten abgefaßtes Gedicht: *»De rerum natura.«** Ansonsten ließ ich jedoch der aufrechten Haltung des Geschichtsphilosophen,

* Andere Nationen leben in Unschuld, in sich und für sich wie die Minerale oder die Meteore; Deutschland ist der universale Spiegel, der sie alle in sich auffängt: *das Weltbewußtsein*. Goethe ist der Prototyp dieses umfassenden Verstehens. Ich tadle ihn nicht, aber ich sehe in ihm nicht den faustischen Menschen der Spenglerschen These.

seiner radikalen, *kerndeutschen*, soldatischen Gesinnung Gerechtigkeit widerfahren. 1929 trat ich in die Partei ein.

Über meine Lehrjahre will ich nicht viel sagen. Sie fielen mir schwerer als manch einem anderen, weil ich, wenngleich es mir nicht an Mut fehlt, keinerlei Anlage zur Gewalttätigkeit habe. Ich begriff jedoch, daß wir an der Wende einer neuen Zeit standen, und daß diese Zeit, vergleichbar den Frühzeiten des Islam oder des Christentums, neue Menschen erforderte. Persönlich waren mir meine Kameraden verhaßt; vergebens suchte ich mir einzureden, daß wir im Hinblick auf das hohe Ziel, das uns zusammenscharte, als Personen nichts bedeuteten.

Die Theologen behaupten, daß, sofern die Aufmerksamkeit des Herrn sich auch nur eine einzige Sekunde von meiner rechten Hand, die schreibt, abwenden würde, diese ins Nichts zurückfallen müßte, wie von einem lichtlosen Feuerstrahl getilgt. Niemand kann bestehen, sage ich, niemand kann auch nur von einem Glas Wasser nippen oder ein Stück Brot brechen ohne Rechtfertigung. Für jeden Menschen ist diese Rechtfertigung anders; ich hoffte auf den unerbittlichen Krieg, der unseren Glauben prüfen sollte. Es genügte mir zu wissen, daß ich ein Soldat in seinen Schlachten sein würde. Manchmal fürchtete ich, die Feigheit Englands und Rußlands könnte uns um ihn betrügen. Zufall oder Schicksal wob mir eine andere Zukunft: Am 1. März 1939, bei Einbruch der Dämmerung, kam es in Tilsit zu Unruhen, von denen die Zeitungen nichts verlauten ließen; in der Straße hinter der Synagoge bekam ich bei einer Schießerei zwei Kugeln ins Bein, das amputiert werden mußte.* Tage danach marschierten unsere Truppen in Böhmen ein; als die Sirenen dies verkündeten, befand ich mich seßhaft im Hospital und suchte mich in den Büchern Schopenhauers zu verlieren und zu vergessen. Auf dem Fensterbord hockte, Sinnbild meiner verwirkten Daseinsbestimmung, ein riesiger aufgedunsener Kater.

* Es wird gemunkelt, daß diese Verwundung sehr ernste Konsequenzen zeitigte. (*Anmerkung des Herausgebers*)

Im ersten Band von *Parerga und Paralipomena* las ich wieder, daß alle Vorfälle, die einem Menschen vom Augenblick seiner Geburt bis zu dem seines Todes zustoßen können, durch ihn vorbestimmt sind. So ist jedes Versehen vorbedacht, jede zufällige Begegnung eine Verabredung, jede Demütigung eine Buße, jedes Scheitern ein geheimnisvoller Sieg, jeder Tod ein Selbstmord. Kein Gedanke ist so tröstlich wie der, daß wir uns unser Mißgeschick selbst ausgesucht haben; diese individuelle Teleologie enthüllt uns eine geheime Ordnung und vermengt uns auf wunderbare Weise mit der Gottheit. Welche unbewußte Absicht (grübelte ich) ließ mich diese Abenddämmerung, diese Kugeln, diese Verstümmelung aufsuchen? Nicht die Angst vor dem Krieg, das wußte ich; etwas Tieferes. Schließlich glaubte ich zu verstehen. Für eine Religion sterben ist einfacher, als sie in ganzer Fülle leben; in Ephesus mit wilden Tieren kämpfen ist weniger hart (Tausende unberühmter Märtyrer haben es getan) als Paulus, der Knecht Christi, zu sein; eine Tat wiegt nicht soviel wie alle Lebensstunden eines Menschen. Schlacht und Ruhm sind *leicht*; beschwerlicher als das Unternehmen Napoleons war das Raskolnikoffs. Am 7. Februar 1941 wurde ich zum stellvertretenden Leiter des Konzentrationslagers Tarnowitz ernannt.

Dieses Amt auszuüben, war mir nicht angenehm; doch ließ ich mir nie eine Nachlässigkeit zuschulden kommen. Der Feigling beweist sich vor der Klinge; der Erbarmungsvolle, der Mitleidige sucht die Erprobung in den Gefängnissen und im Schmerz der Mitmenschen. Der Nazismus ist seinem Wesen nach eine moralische Angelegenheit: Man legt den alten verrotteten Menschen ab, um sich in den neuen Menschen zu kleiden. In der Schlacht ist diese Mutation gewöhnlich, im Schreien der Hauptleute und im Getöse; nicht so in einem dumpfen Kerker, wo das hinterhältige Mitleid uns mit uralten Zartheiten versucht. Nicht umsonst schreibe ich dieses Wort nieder; für Zarathustras Übermenschen ist Mitleid die letzte Sünde. Beinahe hätte ich diese Sünde begangen (ich bekenne es), als aus Breslau der namhafte Dichter David Jerusalem bei uns eingeliefert wurde.

Er war ein Mann von fünfzig Jahren. Arm an irdischen Gütern, verfolgt, verleumdet, verfemt hatte er sein Genie einem Lobgesang auf das Glück geweiht. Ich meine mich zu erinnern, daß Albert Soergel ihn in *Dichtung der Zeit* mit Whitman vergleicht. Der Vergleich ist nicht glücklich; Whitman preist das Universum auf herkömmliche, allgemeine, beinahe gleichgültige Weise; Jerusalem erfreut sich mit eingehender Liebe jedes einzelnen Dings. Nie begeht er Aufzählungen, Kataloge. Noch heute kann ich viele seiner Hexameter aus jenem tiefen Gedicht aufsagen, das »Tse Yang, der Tigermaler« betitelt ist, und das gleichsam mit schrägen lautlosen Tigern befrachtet und durchschossen ist. Ebensowenig werde ich das Monolog-Gedicht »Rosencrantz redet mit dem Engel« vergessen, in dem ein Londoner Pfandleiher des 16. Jahrhunderts in seiner Sterbestunde umsonst seine Verfehlungen zu rechtfertigen sucht, ohne zu ahnen, daß die geheime Rechtfertigung seines Lebens darin besteht, daß er einem seiner Kunden (den er nur ein einziges Mal sah und an den er sich nicht mehr erinnert) den Charakter des Shylock eingegeben hat. Als ein Mann mit bemerkenswerten Augen, gelblicher Haut und fast schwarzem Bart war David Jerusalem der Prototyp des sephardischen Juden, wenn er auch den verkommenen und verabscheuten Aschkenasim angehörte. Ich verfuhr streng mit ihm; weder von seinem Dichterruhm noch von Mitgefühl ließ ich mich erweichen. Schon vor vielen Jahren hatte ich begriffen, daß in der Welt kein Ding ist, das nicht Keim einer möglichen Hölle wäre; ein Gesicht, ein Wort, ein Kompaß, eine Zigarettenreklame können einen um den Verstand bringen, sofern man es nicht fertigbringt, sie zu vergessen. Muß nicht ein Mensch verrückt werden, vor dessen innerem Auge ständig die Landkarte von Ungarn steht? Ich beschloß, die Disziplinarordnung in unserer Anstalt nach diesem Prinzip auszurichten und ...* Ende 1942 verlor Jerusalem den Ver-

* Es war unumgänglich, hier ein paar Zeilen wegzulassen. (*Anmerkung des Herausgebers*)

stand; am 1. März 1943 gelang es ihm, sich das Leben zu nehmen.*

Ich weiß nicht, ob Jerusalem begriffen hat, daß ich ihn vernichtete, um mein Mitleid zu vernichten. In meinen Augen war er kein Mensch, nicht einmal ein Jude; er hatte sich in das Symbol einer verabscheuten Zone meiner Seele verwandelt. Ich litt mit ihm Todesqualen, ich starb mit ihm, ich habe mich gleichsam mit ihm zugrunde gerichtet; deshalb war ich erbarmungslos.

Unterdessen kreisten über uns die großen Tage und die großen Nächte eines glückhaften Krieges. In der Luft, die wir atmeten, war etwas wie Liebeswehen. Als sei uns das Meer plötzlich nahegerückt, war im Blut ein Aufhorchen und hohe Begeisterung. Alles in jenen Jahren war anders; sogar der Geschmack des Schlafs. (Ich war wohl nie im vollen Sinne glücklich, aber bekanntlich verlangt das Unglück nach verlorenen Paradiesen.) Es gibt keinen Menschen, der nicht nach der ganzen Fülle strebte, das heißt nach der Summe aller Erlebnisse. deren ein Mensch fähig ist; es gibt keinen Menschen, der nicht fürchtete, um ein Teil dieses unendlichen Erbes betrogen zu werden. Aber all dies hat meine Generation besessen, weil ihr der Ruhm und danach die Niederlage beschieden waren.

Im Oktober oder November 1942 fiel mein Bruder Friedrich in der zweiten Schlacht von El Alamein im ägyptischen Wüstensand; ein Luftangriff zertrümmerte Monate danach unser Geburtshaus; ein weiterer Angriff, gegen Ende 1943, mein Laboratorium. Unter dem Ansturm weiträumiger Kontinente starb das Dritte Reich. Es hatte die Hand gegen

* Weder in den Bibliotheksarchiven noch in dem Werk von Soergel kommt der Name Jerusalem vor. Auch die deutschen Literaturgeschichten verzeichnen ihn nicht. Trotzdem glaube ich nicht, daß es sich um eine erfundene Person handelt. Auf Anordnung von Otto Dietrich zur Linde wurden in Tarnowitz viele jüdische Intellektuelle gefoltert, unter ihnen die Pianistin Emma Rosenzweig. »David Jerusalem« ist vielleicht ein Symbol für mehrere Individuen. Es heißt, daß er am 1. März 1943 starb; am 1. März 1939 wurde der Erzähler in Tilsit verwundet. (*Anmerkung des Herausgebers*)

alle erhoben und alle die Hand gegen es. Da ereignete sich etwas Sonderbares, das ich erst heute zu verstehen glaube. Ich hielt mich für fähig, den Kelch des Zorns bis zur Neige zu leeren, aber im Bodensatz fand ich eine unerwartete Würze, die geheimnisvolle und fast erschreckende Würze des Glücks. Ich stellte verschiedene Mutmaßungen an; keine genügte mir. Ich dachte: ›Die Niederlage befriedigt mich, weil ich mich im stillen schuldig weiß und allein die Strafe mich lossprechen kann.‹ Ich dachte: ›Die Niederlage befriedigt mich, weil sie ein Ende ist, und weil ich sehr müde bin.‹ Ich dachte: ›Die Niederlage befriedigt mich, weil sie tatsächlich eingetreten ist, weil sie auf unaufzählbare Art eins ist mit allem, was ist, was war und was sein wird, und weil eine einzige vollendete Tatsache bemäkeln oder beklagen soviel heißt wie das Universum lästern.‹ Mit diesen Begründungen versuchte ich es, bis ich auf die richtige stieß.

Man hat behauptet, daß alle Menschen als Aristoteliker oder als Platoniker zur Welt kommen. Das heißt soviel wie erklären, daß es keine Auseinandersetzungen im Abstrakten gibt, die nicht ein Moment im Streitgespräch zwischen Aristoteles und Platon wäre; über Jahrhunderte und Breitengrade hinweg ändern sich die Namen, die Dialekte, die Gesichter, nicht aber die ewigen Gegenspieler. Auch die Geschichte der Völker läßt eine geheime Kontinuität erkennen. Als Armin in einem Sumpf die Legionen des Varus niedermetzelte, wußte er nicht, daß er der Vorläufer eines Imperiums deutscher Nation war; Luther, der Übersetzer der Bibel, ahnte nicht, daß er dazu ausersehen war, ein Volk zusammenzuschmieden, das auf immer die Bibel vernichten sollte; Christoph zur Linde, den im Jahr 1758 eine moskowitische Kugel tötete, bereitete sozusagen die Siege von 1914 vor; Hitler glaubte, nur für *ein* Land zu kämpfen, doch kämpfte er für alle, auch für jene, die er angriff und verabscheute. Es verschlägt nichts, daß sein Ich es nicht wußte; sein Blut, sein Wille wußten es. Die Welt siechte am Judentum zu Tode und an jener Krankheit des Judentums, das der Glaube an Jesus ist; wir haben sie die Gewalt gelehrt und den Glauben an das Schwert. Dieses Schwert tötet uns, und wir sind jenem Zauberer zu vergleichen, der ein Labyrinth ausspinnt und sich dazu verurteilt sieht, bis an sein Lebensende darin irrezugehen, oder David, der über einen Unbekannten richtet, ihn zum Tode verurteilt, worauf ihm offenbart wird: »Du bist dieser Mensch.« Viele Dinge müssen zerstört werden, um die neue Ordnung aufzurichten; heute wissen wir, daß eins dieser Dinge Deutschland war. Wir haben etwas mehr als unser Leben gegeben, wir haben das Schicksal unserer geliebten Heimat gegeben. Mögen andere fluchen, mögen andere weinen; mich beglückt, daß unsere Gabe weltweit und vollkommen ist.

Nun senkt sich über die Welt eine unbarmherzige Epoche. Wir haben sie geschmiedet, wir, die längst ihr Opfer sind. Was zählt es denn, daß England der Hammer ist und wir der Amboß? Es zählt allein, daß die Gewalt regiert, nicht die sklavische Zagheit des Christentums. Wenn der Sieg, die Ungerechtigkeit und das Glück nicht für Deutschland sind, mögen sie es für andere Nationen sein. Soll es den Himmel geben, auch wenn unser Platz die Hölle ist.

Ich betrachte mein Gesicht im Spiegel, um zu wissen, wer ich bin, um zu wissen, wie ich mich in ein paar Stunden verhalten werde, wenn ich dem Ende begegne. Mein Fleisch mag Angst fühlen; ich nicht.

Der Tod und der Kompaß

Für Mandie Molina Vedia

Von den vielen Problemen, die Lönnrots furchtlosen Scharfsinn beschäftigten, war keines so eigenartig – sagen wir: so rigoros eigenartig – wie die periodische Serie von Bluttaten, die in der Villa Triste-le-Roy, inmitten des immerwährenden Duftes der Eukalyptusbäume, ihren Höhepunkt erreichte. Zwar konnte Erik Lönnrot das letzte Verbrechen nicht verhindern, aber unstreitig hat er es vorausgesehen. Auch die Identität von Yarmolinskys düsterem Mörder erriet er nicht, wohl aber die versteckte Morphologie der verruchten Serie und die Beteiligung Red Scharlachs, dessen zweiter Spitzname Scharlach der Dandy ist. Dieser Verbrecher hatte (wie so viele) bei seiner Ehre geschworen, Lönnrot zu töten, aber der ließ sich niemals einschüchtern. Lönnrot hielt sich für einen reinen Logiker, für einen Auguste Dupin, hatte aber etwas von einem Abenteurer und sogar Spieler.

Das erste Verbrechen geschah im Hôtel du Nord – jenem hohen Prisma, das die Flußmündung beherrscht, deren Wasser wüstenfarbig sind. In diesem Turm (der aufdringlich das scheußliche Weiß eines Sanatoriums, die numerierte Teilbarkeit eines Gefängnisses und den allgemeinen Anschein eines Bordells in sich vereinigt) traf am 3. Dezember der Delegierte aus Podolsk zum Dritten Talmudischen Kongreß ein. Dr. Marcel Yarmolinsky, ein Mann mit grauem Bart und grauen Augen. Wir werden nie wissen, ob ihm das Hôtel du Nord gefiel: Er nahm es mit der uralten Resignation hin, die es ihm ermöglicht hatte, drei Jahre Krieg in den Karpaten zu erdulden und dreitausend Jahre der Unterdrückung und der Pogrome. Man gab ihm ein Zimmer im Stockwerk R, gegenüber der *suite*, die nicht ohne Pomp der Tetrarch von Galiläa bewohnte. Yarmolinsky aß zu Abend, verschob die Erforschung der unbekannten Stadt auf den nächsten Tag, verstaute seine vielen Bücher und die sehr wenigen Kleidungsstücke in einem *placard* und schaltete sein Licht noch vor Mitternacht aus. (Dies erklärte der *chauffeur* des Tetrarchen, der im Nebenzimmer schlief.) Am 4., um 11 Uhr und 3 Minuten vormittags, rief ihn ein Redakteur der ›*Jiddischen Zaitung*‹ an; Dr. Yarmolinsky antwortete nicht; man fand ihn in seinem Zimmer, schon mit einem dunklen Anflug im Gesicht, fast nackt unter einem unzeitgemäßen großen Umhang. Er lag nicht weit von der Tür entfernt, die auf den Korridor führte; ein tiefer Messerstich hatte ihm die Brust aufgerissen. Ein paar Stunden später, inmitten von Reportern, Fotografen und Polizisten, erörterten Kommissar Treviranus und Lönnrot im selben Zimmer in aller Ruhe den Fall.

»Da braucht man nicht mal bis drei zählen zu können«, sagte Treviranus und fuchtelte mit einer gewichtigen Zigarre. »Wir wissen alle, daß der Tetrarch von Galiläa die wertvollsten Saphire der Welt besitzt. Jemand wird wohl, als er sie stehlen wollte, aus Versehen hier eingedrungen sein. Yarmolinsky steht auf, und der Dieb muß ihn umbringen. Was halten Sie davon?«

»Möglich, aber nicht interessant«, antwortete Lönnrot. »Sie werden mir entgegnen, daß die Wirklichkeit nicht die geringste Verpflichtung hat, interessant zu sein. Ich werde dem entgegenhalten, daß zwar die Wirklichkeit sich dieser Verpflichtung entziehen kann, Hypothesen aber nicht. Bei der von Ihnen improvisierten ist zuviel Zufall im Spiel. Ich habe hier einen toten Rabbiner; ich würde eine rein rabbinische Erklärung vorziehen, nicht die imaginären Mißgeschicke eines imaginären Diebes.«

Übelgelaunt antwortete Treviranus: »Rabbinische Erklärungen interessieren mich nicht; mich interessiert die Festnahme des Mannes, der diesen Unbekannten erstochen hat.«

»Gar so unbekannt nicht«, stellte Lönnrot richtig. »Hier stehen seine gesammelten Werke.« Er wies auf eine Reihe hoher Bände im *placard*: eine *Rechtfertigung der Kabbala*, eine *Untersuchung der Philosophie Robert Fludds*, eine wörtliche Übersetzung des *Sepher Yezira*, eine *Biographie Baal Schems*, eine *Geschichte der Sekte der Chassidim*, eine Monographie (auf deutsch) über das Tetragrammaton; eine weitere über die göttliche Nomenklatur des Pentateuch. Der Kommissar sah sie furchtsam, fast mit Widerwillen an. Dann brach er in Lachen aus.

»Ich bin ein armer Christenmensch«, sagte er. »Nehmen Sie sich meinetwegen all die Scharteken mit; ich habe keine Zeit, mich mit jüdischem Aberglauben zu befassen.«

»Vielleicht gehört dieses Verbrechen in die Geschichte jüdischen Aberglaubens«, murmelte Lönnrot.

»Wie das Christentum«, wagte der Redakteur der ›*Jiddischen Zaitung*‹ beizutragen. Er war kurzsichtig, Atheist und sehr schüchtern.

Niemand antwortete. Einer der Polizisten hatte in der kleinen Schreibmaschine ein Blatt Papier entdeckt, auf dem der folgende unschlüssige Satz stand:

Der erste Buchstabe des NAMENS ist artikuliert worden.

Lönnrot lächelte nicht. Plötzlich bibliophil oder Hebraist, ließ er sich die Bücher des Toten einpacken und nahm sie mit in seine Wohnung. Der polizeilichen Untersuchung gegenüber gleichgültig, widmete er sich dem Studium der Bücher. Ein großer Oktavband enthüllte ihm die Lehren Israel Baal Schem Tobhs, des Gründers der Sekte der Frommen; ein anderer die Kraft und den Schrecken des Tetragrammaton, welches der unaussprechliche Name Gottes ist; ein weiterer die These, daß Gott einen geheimen Namen hat, in dem (wie in der Glaskugel, die die Perser Alexander von Makedonien zuschreiben) Sein neuntes Attribut enthalten ist, die Ewigkeit – das heißt, die unmittelbare Erkenntnis aller Dinge im Universum, die sein werden, die sind und die waren. Die Überlieferung zählt neunundneunzig Namen Gottes auf. Die Hebraisten führen diese unvollkommene Zahl auf die magische Furcht vor geraden Zahlen zurück; die Chassidim behaupten, dieser Hiatus deute auf einen hundertsten Namen hin – den Absoluten Namen.

Von dieser Gelehrsamkeit lenkte ihn wenige Tage später der Besuch des Redakteurs der ›*Jiddischen Zaitung*‹ ab. Er wollte über den Mord sprechen; Lönnrot sprach lieber von den verschiedenen Namen Gottes; daraufhin erklärte der

Journalist in drei Spalten, der Ermittler Erik Lönnrot habe sich dem Studium der Namen Gottes gewidmet, um den Namen des Mörders zu finden. Lönnrot, an die Vereinfachungen der Presse gewöhnt, entrüstete sich nicht. Einer von jenen Krämern, die herausgefunden haben, daß jeder beliebige Mensch dazu zu bringen ist, jedes beliebige Buch zu kaufen, brachte eine Volksausgabe der *Geschichte der Sekte der Chassidim* heraus.

Das zweite Verbrechen geschah in der Nacht des 3. Januar, in der verlassensten und wüstesten Gegend der westlichen Vororte der Hauptstadt. Gegen Morgengrauen sah einer der Gendarmen, die zu Pferd jene Wüsteneien bewachen, auf der Türschwelle einer alten Farbenhandlung einen in einen Poncho gehüllten Mann liegen. Das harte Gesicht war wie von Blut maskiert; ein tiefer Messerstich hatte ihm die Brust aufgerissen. An der Wand, über den gelben und roten Rhomben, standen einige mit Kreide geschriebene Wörter. Der Gendarm entzifferte sie ... Abends fuhren Treviranus und Lönnrot zum abgelegenen Schauplatz des Verbrechens. Links und rechts von ihrem Wagen löste sich die Stadt auf; das Firmament wuchs, die Bedeutung der Häuser schwand gegenüber Ziegelbrennereien oder Pappeln. Sie kamen zu ihrem elenden Ziel: einer letzten Gasse mit rosafarbenen Lehmwänden, die irgendwie den ungeheuren Sonnenuntergang widerzuspiegeln schienen. Man hatte den Toten bereits identifiziert. Es war Daniel Simón Azevedo. In den alten Vorstädten des Nordens stand er in einem gewissen Ruf, denn er hatte sich vom Kärrner zum Wahlkampf-Schläger heraufgearbeitet, um dann zum Dieb zu degenerieren, ja sogar zum Spitzel. (Der einzigartige Stil seines Todes erschien ihnen angemessen: Azevedo war der letzte Repräsentant einer Generation von Banditen, die noch mit dem Messer umgehen konnte, nicht aber mit dem Revolver.) Die mit Kreide hingeschriebenen Wörter lauteten:

Der zweite Buchstabe des NAMENS ist artikuliert worden.

Das dritte Verbrechen geschah in der Nacht des 3. Februar. Kurz vor ein Uhr läutete im Büro des Kommissars Treviranus das Telefon. Ein Mann mit gutturaler Stimme, der betont geheimnisvoll tat, sagte, er heiße Ginzberg (oder Ginsburg) und sei bereit, gegen eine angemessene Belohnung Einzelheiten über die beiden Opferungen Azevedos und Yarmolinskys mitzuteilen. Ein Mißklang von Pfiffen und Hörnern übertönte die Stimme des Denunzianten. Dann wurde die Verbindung unterbrochen. Ohne die Möglichkeit eines Scherzes ganz auszuschließen (immerhin war Karneval), ermittelte Treviranus, daß vom *Liverpool House* aus gesprochen worden war, einer Taverne in der Rue de Toulon, jener verkommenen Straße, in der das Wachsfigurenkabinett mit der Milchstube koexistiert und das Bordell mit Bibelverkäufern. Treviranus rief den Wirt an (Black Finnegan, ein ehemalig er irischer Gauner, besorgt um und fast vernichtet durch seine Ehrbarkeit) und erfuhr, daß die letzte Person, die das Telefon des Hauses benutzt hatte, ein gewisser Gryphius, ein Mieter, gewesen sei, der gerade eben mit ein paar Freunden weggefahren sei. Treviranus fuhr sofort zum *Liverpool House*. Dort teilte ihm der Wirt folgendes mit: Vor acht Tagen hatte Gryphius ein Zimmer über der Bar genommen. Er war ein Mann mit scharfen Gesichtszügen, nebelhaftem grauen Bart und schäbig schwarz gekleidet; Finnegan (der das in Frage stehende Zimmer einem Zweck vorzubehalten pflegte, den Treviranus leicht erriet) hatte eine zweifellos übermäßig hohe Miete verlangt; Gryphius hatte die geforderte Summe auf der Stelle bezahlt. Er ging fast nie aus; Mittag- und Abendessen nahm er im Zimmer ein. Kaum daß man in der Bar sein Gesicht kannte. Heute abend war er heruntergekommen, um in Finnegans Büro zu telefonieren. Ein geschlossenes Coupé war unterdessen draußen vorgefahren. Der Kutscher hatte sich nicht vom Bock gerührt; einige Kunden erinnerten sich, daß er eine Bärenmaske getragen hatte. Aus dem Coupé stiegen zwei Harlekine. Sie waren kleinwüchsig, und keiner konnte übersehen, daß sie sehr betrunken waren. Unter Hörnergeblase drangen sie in Finnegans Büro ein, umarmten Gryphius, der sie zu erkennen schien, sich ihnen gegenüber aber ablehnend verhielt; sie wechselten ein paar Worte auf Jiddisch – er leise und guttural, sie mit verstellten, hohen

Stimmen – und gingen dann hinauf in sein Zimmer. Nach einer Viertelstunde kamen alle drei in sehr fröhlichem Zustand wieder herunter; Gryphius torkelte und schien genauso betrunken wie die anderen. Groß und schwankend ging er in der Mitte, zwischen den beiden maskierten Harlekinen. (Eine der Frauen in der Bar entsann sich der gelben, roten und grünen Rhomben ihrer Kostüme.) Zweimal stolperte er, und beide Male stützten ihn die Harlekine. Draußen stiegen die drei ins Coupé und verschwanden in Richtung auf die nahen Docks mit ihren Rechtecken aus Wasser. Mit einem Fuß schon auf dem Trittbrett, kritzelte der eine Harlekin noch eine obszöne Zeichnung und einen Satz auf eine der schiefernen Speisekarten vor der Taverne.

Treviranus sah sich den Satz an. Er war beinahe vorauszusehen:

Der letzte der Buchstaben des NAMENS ist artikuliert worden.

Danach besichtigte er das kleine Zimmer von Gryphius-Ginzberg. Den Boden bedeckte ein schroffer Blutstern; in den Ecken lagen Zigarettenstummel einer ungarischen Marke; in einem Schrank stand ein Buch auf Latein – der *Philologus Hebraeo-Graecus* (1739) von Leusden – mit mehreren handschriftlichen Randbemerkungen. Treviranus betrachtete alles mit Empörung und ließ Lönnrot holen. Der begann zu lesen, ohne erst den Hut abzunehmen, während der Kommissar die einander widersprechenden Zeugen der möglichen Entführung verhörte. Um vier Uhr verließen sie das Haus. Als sie in der gewundenen Rue de Toulon über die wirren Luftschlangen der Nacht schritten, sagte Treviranus:

»Und wenn diese Geschichte heute nacht nur etwas vortäuschen soll?«

Erik Lönnrot lächelte und las mit vollem Ernst eine – übrigens unterstrichene – Stelle aus dem Kapitel XXXIII des *Philologus* vor: »›*Dies Judaeorum incipit a solis occasu usque ad solis occasum diei sequentis.*‹ Das heißt«, erläuterte er, »›Der Tag der Juden beginnt bei Sonnenuntergang und dauert bis zum nächsten Sonnenuntergang‹.«

Der andere gab sich ironisch. »Ist das der wichtigste Hinweis, den Sie heute nacht aufgelesen haben?«

»Nein. Wichtiger ist ein Wort, das Ginzberg gesagt hat.«

Die Zeitungen des folgenden Tages befaßten sich gründlich mit diesen periodischen Fällen von Tod und Verschwinden. ›Schwertknauf‹ stellte sie in Gegensatz zur bewunderungswürdigen Disziplin und Ordnung des letzten Einsiedlerkongresses; Ernst Palast rügte in ›Der Märtyrer‹ »die unerträglich stockende Entwicklung eines verhohlenen und sparsamen Pogroms, der drei Monate gebraucht hat, um drei Juden zu liquidieren«. Die ›*Jiddische Zaitung*‹ verwarf die grauenerregende Hypothese eines antisemitischen Komplotts, »wenn auch manche scharfsinnigen Köpfe sich zu keiner anderen Lösung des dreifachen Rätsels verstehen wollen«; der bekannteste der Revolverhelden des Südens, Dandy Red Scharlach, schwor, daß es in seinem Distrikt nie zu dergleichen Verbrechen kommen würde, und warf dem Kommissar Franz Treviranus schuldhafte Nachlässigkeit vor.

Dieser empfing in der Nacht des 1. März einen gewichtigen versiegelten Umschlag. Er öffnete ihn: Darin waren ein mit *Baruch Spinoza* unterzeichneter Brief und ein genauer Plan der Stadt, offensichtlich aus einem Baedeker herausgerissen. Der Brief prophezeite, daß am 3. März kein viertes Verbrechen stattfinden würde, denn die Farbenhandlung im Westen, die Taverne in der Rue de Toulon und das Hôtel du Nord seien »die genauen Scheitelpunkte eines gleichseitigen mystischen Dreiecks«. Der Plan demonstrierte mit roter Tinte die Regelmäßigkeit des Dreiecks. Treviranus las resigniert diese Beweisführung *more geometrico* und schickte Brief und Plan Lönnrot ins Haus – dem solcher Unfug zweifellos zustand.

Erik Lönnrot studierte beides. Die drei Orte waren tatsächlich gleich weit voneinander entfernt. Es lag also eine Symmetrie nicht nur in der Zeit (3. Dezember, 3. Januar, 3. Februar), sondern auch eine Symmetrie im Raum vor... Er hatte auf einmal das Gefühl, daß er vor der Lösung des Geheimnisses stand. Ein Zirkel und ein Kompaß kamen der jähen Eingebung ergänzend zu Hilfe. Er lächelte, sprach das Wort *Tetragrammaton* aus (das er erst kürzlich erworben hatte) und rief den Kommissar an.

»Danke für das gleichseitige Dreieck, das Sie mir gestern abend geschickt haben. Es hat mir erlaubt, das Problem zu lösen. Morgen, Freitag, werden die Verbrecher im Gefängnis sitzen; wir können ganz beruhigt sein.«

»Dann ist also kein viertes Verbrechen geplant?«

»Eben weil sie ein viertes Verbrechen planen, können wir ganz beruhigt sein.« Lönnrot hängte ein. Eine Stunde später saß er in einem Zug der Südbahn. Sein Ziel war die leerstehende Villa Triste-le-Roy. Im Süden der Stadt meiner Geschichte fließt ein trübes, lehmiges Flüßchen, geschändet von Abwässern und Kehricht. Auf der anderen Seite liegt eine Fabrikstadt, in der, beschirmt von einem Boß aus Barcelona, die Revolverhelden gedeihen. Lönnrot lächelte bei dem Gedanken, daß der berüchtigteste von ihnen – Red Scharlach – alles dafür gegeben hätte, diesen heimlichen Ausflug in Erfahrung zu bringen. Azevedo war ein Kumpel von Scharlach gewesen; Lönnrot erwog die entfernte Möglichkeit, daß Scharlach selbst das vierte Opfer sein sollte. Aber dann verwarf er sie... Er hatte das Problem so gut wie gelöst; die bloßen Umstände, die Wirklichkeit (Namen, Verhaftungen, Gesichter, Justiz- und Gefängnisformalitäten) interessierten ihn jetzt kaum noch. Er wollte spazierengehen, sich ausruhen von drei Monaten seßhafter Ermittlungen. Er dachte noch einmal darüber nach, daß die Aufklärung der Verbrechen in einem anonymen Dreieck und in einem verstaubten griechischen Wort steckte. Das Mysterium erschien ihm jetzt fast kristallklar; es verdroß ihn, daß er hundert Tage damit zugebracht hatte.

Der Zug hielt auf einem stillen Güterbahnhof. Lönnrot stieg aus. Es war einer jener öden Spätnachmittage, die dem Morgengrauen gleichen. Die Luft über der dunstigen Ebene war feucht und kalt. Lönnrot begann über die Felder zu wandern. Er sah Hunde, sah einen Viehwaggon auf einem toten Gleis, sah den Horizont, sah ein silbergraues Pferd, das Brackwasser aus einer Pfütze soff. Es wurde schon dunkel, als er endlich den rechteckigen Erker der Villa Triste-le-Roy auftauchen sah, fast genauso hoch wie die schwarzen Eukalyptusbäume, die sie umstanden. Er dachte daran, daß nur noch ein Morgengrauen und ein Sonnenuntergang (ein alter Glanz im Osten und ein anderer im Westen) ihn von der Stunde trennten, die die Sucher des NAMENS herbeisehnten.

Ein rostiges Gitter begrenzte den unregelmäßigen Umkreis des Grundstücks. Das Haupttor war geschlossen. Ohne große Hoffnung, einen anderen Zugang zu finden, ging Lönnrot das Gitter entlang. Wieder am versperrten Tor angelangt, schob er fast mechanisch die Hand durch die Stäbe und fand den Riegel. Das Quietschen der Eisenscharniere überraschte ihn. Langsam, mühsam wich das ganze Tor zurück.

Lönnrot ging zwischen den Eukalyptusbäumen entlang und trat auf Generationen starrer, gebrochener Blätter. Von nahem gesehen, schwelgte das Haupthaus des Anwesens Triste-le-Roy in unnützen Symmetrien und manischen Wiederholungen: Einer eisigen Diana in einer modrigen Nische entsprach in einer zweiten Nische eine andere Diana; ein Balkon hatte sein Ebenbild in einem anderen Balkon; doppelte Freitreppen mündeten in doppelte Balustraden. Ein zweigesichtiger Hermes warf einen monströsen Schatten. Lönnrot umschritt das Haus, wie er vorher das Grundstück umschritten hatte. Alles prüfte er genau. Unterhalb der Terrasse fand er eine schmale Schiebetür.

Er drückte sie auf; ein paar Marmorstufen führten in ein Souterrain. Lönnrot, dem die Vorlieben des Architekten schon vertraut zu werden begannen, ahnte, daß er an der Gegenwand des Kellergeschosses wieder auf Marmorstufen stoßen würde. Er fand sie, stieg hinauf, reckte die Hände und hob eine Falltür an.

Ein Leuchten zog ihn ans Fenster. Er öffnete es: Ein gelber, runder Mond umriß in dem traurigen Garten zwei versiegte Springbrunnen. Lönnrot erforschte das Haus. Durch Vorsäle und Gänge trat er in Patios, die einander glichen, mehrmals auch in denselben Patio. Über verstaubte Treppen gelangte er in kreisrunde Vorzimmer. In opponierenden

Spiegeln sah er sich endlos vervielfältigt. Er wurde es müde, ganz oder spaltweise Fenster zu öffnen, die ihm draußen immer denselben trostlosen Garten zeigten, aus verschiedenen Blickwinkeln und verschiedener Höhe. Drinnen stieß er immer wieder auf Möbel mit gelben Überzügen und auf Lüster in baumwollenen Hüllen. Ein Schlafzimmer hielt ihn länger auf; hier stand in einer Porzellanvase eine einzige Blume; bei der ersten Berührung zerfielen die alten Blütenblätter. Im zweiten, dem obersten Stockwerk erschien ihm das Haus unendlich groß und immer noch wachsend. ›An sich ist das Haus nicht so groß‹, dachte er. ›Die Dunkelheit, die Symmetrie, die Spiegel, die vielen Jahre, meine Unvertrautheit, die Einsamkeit lassen es größer erscheinen.‹

Über eine Wendeltreppe erreichte er den Erker. Der Abendmond warf sein Licht durch die Rhomben der Fenster; sie waren gelb, rot und grün. Eine bestürzende und schwindelerregende Erinnerung ließ ihn innehalten.

Zwei kleinwüchsige Männer, wild und stämmig, fielen über ihn her und entwaffneten ihn; ein dritter, sehr groß, grüßte ihn ernst und sagte: »Sie sind sehr liebenswürdig. Sie haben uns eine Nacht und einen Tag erspart.«

Es war Red Scharlach. Die Männer fesselten Lönnrots Hände. Der fand endlich die Sprache wieder.

»Scharlach, suchen Sie den Geheimen Namen?«

Scharlach stand da, gleichgültig. Er hatte sich an dem kurzen Handgemenge nicht beteiligt; kaum daß er die Hand ausgestreckt hatte, um Lönnrots Revolver entgegenzunehmen. Dann sprach er; Lönnrot hörte aus seiner Stimme einen erschöpften Triumph, einen Haß von der Größe des Universums und eine Traurigkeit, nicht minder groß als der Haß.

»Nein«, sagte Scharlach, »ich suche etwas Vergänglicheres und Hinfälligeres, ich suche Erik Lönnrot. Vor drei Jahren haben Sie in einem Spiellokal in der Rue de Toulon eigenhändig meinen Bruder verhaftet und ihn einsperren lassen. In einem Wagen haben meine Männer mich aus der Schießerei herausgeholt, mit einer Polizeikugel im Bauch. Neun Tage und neun Nächte habe ich hier in dieser trostlosen symmetrischen Villa mit dem Tod gekämpft; das Fieber hat mich verheert, der schauderhafte zweigesichtige Janus, der die Sonne auf- und untergehen sieht, hat mein Schlafen und Wachen mit Entsetzen gefüllt. Am Ende habe ich meinen Körper verabscheut und hatte das Gefühl, zwei Augen, zwei Hände, zwei Lungen seien genau so ungeheuerlich wie zwei Gesichter. Ein Ire hat versucht, mich zum Glauben an Jesus zu bekehren und mir immer wieder den Satz der *Gojim* gepredigt: ›Alle Wege führen nach Rom.‹ Nachts hat sich mein Delirium von dieser Metapher ernährt. Ich hatte das Gefühl, die Welt ist ein Labyrinth, aus dem man nicht fliehen kann, da ja alle Wege, auch wenn sie so tun, als ob sie nach Norden oder nach Süden führen, in Wirklichkeit in Rom enden. Rom war auch das viereckige Gefängnis, in dem mein Bruder verendet ist, und die Villa Triste-le-Roy. In jenen Nächten habe ich bei dem Gott, der aus einem zwiefachen Antlitz blickt, und bei allen Göttern des Fiebers und der Spiegel geschworen, daß ich um den Mann, der meinen Bruder in den Kerker gebracht hatte, ein Labyrinth spinnen würde. Das Labyrinth ist gesponnen, und das Gespinst ist dicht. Seine Bestandteile sind ein toter Häresiologe, ein Kompaß, eine Sekte des 18. Jahrhunderts, ein griechisches Wort, ein Dolch, die Rhomben einer Farbenhandlung.

Auf den ersten Bestandteil dieser Reihe hat mich der Zufall gebracht. Ich hatte mit ein paar Kollegen – darunter Daniel Azevedo – den Raub der Saphire des Tetrarchen geplant. Azevedo hat uns betrogen; mit dem Geld, das wir ihm vorgeschossen hatten, hat er sich besoffen und die Sache einen Tag früher angefangen. In dem großen Hotel hat er sich verirrt. Gegen zwei Uhr früh ist er in Yarmolinskys Zimmer eingebrochen. Der, weil er an Schlaflosigkeit litt, hatte sich an die Schreibmaschine gesetzt. Wahrscheinlich wollte er sich ein paar Notizen machen oder einen Artikel über den Namen Gottes schreiben. Die Wörter *Der erste Buchstabe des NAMENS ist artikuliert worden* hatte er schon geschrieben. Azevedo hat ihn aufgefordert, sich nicht zu rühren. Yarmolinsky streckt die Hand nach der Klingel aus, die alles im Hotel mobil gemacht hätte. Da hat ihm Azevedo das Messer in die Brust gestoßen. Es ist wohl eine Reflexbewegung gewesen; ein halbes Jahrhundert Gewalt hat ihn gelehrt, daß töten das Sicherste und Einfachste ist ... Zehn Tage später habe ich in der *›Jiddischen Zaitung‹* gelesen, daß Sie in den Schriften Yarmolinskys den Schlüssel zum Mord an Yarmolinsky suchten. Dann habe ich die *Geschichte der Sekte der Chassidim* gelesen. So habe ich erfahren, daß die Ehrfurcht vor dem Aussprechen des Namens Gottes zu der Lehre geführt hat, daß dieser Name allmächtig und geheim ist. Ich habe außerdem erfahren, daß einige Chassidim, auf der Suche nach diesem geheimen Namen, bis zu Menschenopfern gegangen sind ... Da ist mir klargeworden, daß Sie vermuten, der Rabbiner wäre von den Chassidim geopfert worden; also habe ich mich darum bemüht, Ihre Vermutung zu rechtfertigen.

Marcel Yarmolinsky ist in der Nacht des dritten Dezember gestorben; für das zweite ›Opfer‹ habe ich die Nacht des dritten Januar ausgesucht. Yarmolinsky starb im Norden; für das zweite ›Opfer‹ schien uns ein Ort im Westen passend. Daniel Azevedo war das notwendige ›Opfer‹. Er hatte den Tod verdient: Er war ein Triebmensch, ein Verräter; seine Verhaftung hätte den ganzen Plan zunichte gemacht. Einer von unseren Leuten hat ihn erstochen. Um seine Leiche mit der von Yarmolinsky in Zusammenhang zu bringen, habe ich über die Rhomben der Farbenhandlung geschrieben: *Der zweite Buchstabe des NAMENS ist artikuliert worden.*

Das dritte ›Verbrechen‹ fand am dritten Februar statt. Wie Treviranus erraten hat, handelt es sich nur um ein Scheinverbrechen. Gryphius-Ginzberg-Ginsburg bin ich. Eine endlose Woche, dazu mit einem schütteren falschen Bart, habe ich in diesem widerlichen Loch in der Rue de Toulon verbracht, bis meine Freunde mich endlich entführt haben. Vom Trittbrett des Wagens aus hat einer von ihnen an den Pfeiler geschrieben: *Der letzte der Buchstaben des NAMENS ist artikuliert worden.* Dadurch wurde bekannt, daß es sich um eine Dreizahl von Verbrechen handelt. So hat es die Öffentlichkeit auch verstanden; ich hatte aber verschiedene Hinweise eingeschaltet, damit Sie, der reine Denker Erik

Lönnrot, erraten konnten, daß es sich um eine Vierzahl handelte. Ein seltsamer Vorfall im Norden, zwei weitere im Osten und im Westen schreien nach einem vierten im Süden; außerdem besteht das Tetragrammaton – der Name Gottes, JHVH – doch aus *vier* Buchstaben. Die Harlekine und die Rhomben des Farbenladens deuteten ebenfalls auf vier Elemente hin. Im Handbuch von Leusden habe ich dann eine gewisse Stelle unterstrichen. Sie besagt, daß die Hebräer den Tag von Sonnenuntergang zu Sonnenuntergang rechnen. Die Stelle gibt zu verstehen, daß die Morde alle am *vierten* des jeweiligen Monats stattgefunden hatten. Ich habe Treviranus das gleichseitige Dreieck geschickt. Ich habe damit gerechnet, daß Sie den fehlenden Punkt ergänzen würden. Den Punkt nämlich, der einen vollkommenen Rhombus ergibt; den Punkt, wo ein ausgefeilter Tod Sie erwartet. All das habe ich geplant, Erik Lönnrot, um Sie hierher zu locken, in die Einsamkeit von Triste-le-Roy.«

Lönnrot wich den Augen Scharlachs aus. Er sah hinaus auf Bäume und Himmel, die in trüb gelbe, grüne und rote Rhomben zerschnitten waren. Er fröstelte ein wenig und empfand eine unpersönliche, fast anonyme Traurigkeit. Es war schon Nacht; aus dem staubigen Garten drang der unnütze Ruf eines Vogels herauf. Lönnrot überdachte zum letzten Mal das Problem der symmetrischen und periodischen Morde.

»In Ihrem Labyrinth sind drei Linien zuviel«, sagte er schließlich. »Ich weiß von einem griechischen Labyrinth, das aus einer einzigen geraden Linie besteht. Auf dieser Linie haben sich schon so viele Philosophen verirrt, daß ein bloßer *detective* sich wohl verirren darf. Scharlach, wenn Sie in einer anderen Wiedergeburt wieder Jagd auf mich machen, dann fingieren – oder begehen – Sie bitte ein Verbrechen in A, dann ein zweites in B, acht Kilometer von A entfernt; daraufhin ein drittes in C, vier Kilometer von A und B entfernt, auf halbem Weg zwischen beiden. Erwarten Sie mich in D, zwei Kilometer von A und C entfernt, wiederum auf halbem Weg. Und töten Sie mich in D, so wie Sie mich jetzt in Triste-le-Roy töten werden.«

»Für das nächste Mal, daß ich Sie töte«, antwortete Scharlach, »verspreche ich Ihnen dieses Labyrinth, das aus einer einzigen geraden Linie besteht, und das unsichtbar, unaufhörlich ist.«

Er trat einige Schritte zurück. Dann, sehr sorgfältig feuerte er.

[1942]

Der Mann auf der Schwelle

Bioy Casares brachte aus London einen seltsamen Dolch mit, mit dreieckiger Klinge und einem H-förmigen Griff; unser Freund Christopher Dewey vom British Council meinte, solche Waffen seien in Indien ganz gebräuchlich. Diese Feststellung ermunterte ihn zu der weiteren Bemerkung, daß er in diesem Land zwischen den beiden Kriegen Dienst getan habe. (*»Ultra Auroram et Gangem«*, sagte er, wie ich mich erinnere, auf Latein, indem er einen Vers von Juvenal abwandelte.) Von den Geschichten, die er in dieser Nacht erzählte, erkühne ich mich, die folgende zu rekonstruieren. Ich werde mich streng an die Wahrheit halten: Möge Allah mich von der Versuchung erlösen, knappe bezeichnende Details hineinzubringen oder mit Einschüben aus Kipling den exotischen Charakter der Erzählung zu überladen. Sie hat außerdem eine Würze von Alter und Schlichtheit, die nicht verlorengehen sollte, vielleicht die von *Tausendundeiner Nacht*.

»Auf die exakte Geographie der Ereignisse, die ich erzählen will, kommt es kaum an. Außerdem: Was würde in Buenos Aires aus der Genauigkeit von Namensangaben wie Amritsar oder Oudh? Ich will also nur sagen, daß damals in einer Moslemstadt Unruhen ausbrachen, und daß die Zentralregierung einen starken Mann schickte, um Ordnung zu schaffen. Dieser Mann war Schotte, aus einem berühmten Krieger-Clan, und hatte ein Erbe von Gewalttätigkeit im Blut. Ein einziges Mal habe ich ihn mit eigenen Augen gesehen, aber ich werde nie das tiefschwarze Haar vergessen, die vorspringenden Backenknochen, die gierige Nase und den Mund, die breiten Schultern, den derben Knochenbau eines Wikingers. David Alexander Glencairn soll er heute abend in meiner Geschichte heißen; die beiden Vornamen passen, weil Könige sie getragen haben, die mit eisernem Zepter regierten. David Alexander Glencairn (ich muß mich erst daran gewöhnen, ihn so zu nennen) war, vermute ich, gefürchtet; die bloße Nachricht von seinem Eintreffen hat genügt, um die Stadt zu befrieden. Trotzdem hat er ein paar energische Maßnahmen verhängt. Einige Jahre vergingen. In Stadt und Distrikt herrschte Friede; Sikhs und Moslems hatten den alten Streit begraben, und plötzlich verschwand Glencairn. Natürlich gab es reichlich Gerüchte, man hätte ihn entführt oder getötet.

Diese Dinge hörte ich von meinem Chef; die Zensur war ja streng, und die Tageszeitungen haben Glencairns Verschwinden nicht kommentiert (und nicht einmal gemeldet, soweit ich mich erinnere). Einem Sprichwort zufolge ist Indien größer als die Welt; Glencairn konnte allmächtig sein in der Stadt, die der Namenszug unter einem Dekret ihm zugewiesen hatte, aber im Räderwerk der Verwaltung des Empire war er nur eine Zahl. Die Nachforschungen der Ortspolizei waren völlig erfolglos; mein Chef meinte, ein Zivilist könnte weniger Argwohn einflößen und mehr Erfolg haben. Drei oder vier Tage später (die Entfernungen in Indien sind gewaltig) bin ich ohne allzuviel Hoffnung durch die Straßen der undurchsichtigen Stadt gewandert, die einen Mann beiseitegeschafft hatte.

Fast sofort habe ich die umfassende Präsenz einer Verschwörung gespürt, die Glencairns Schicksal im Dunkel halten sollte. ›Es gibt in dieser Stadt keine Seele‹ (habe ich wohl gedacht), ›die nicht von dem Geheimnis weiß und geschworen hat, es zu bewahren.‹ Die meisten, die ich befragt habe, gaben sich grenzenlos unwissend; sie wußten nicht, wer Glencairn war, hatten ihn nie gesehen, nie von ihm sprechen hören. Andere dagegen hatten ihn vor einer Viertelstunde mit Soundso reden sehen, haben mich sogar zu dem Haus gebracht, in das die beiden hineingegangen waren und in dem niemand etwas von ihnen wußte, oder das sie gerade eben verlassen hatten. Einigen dieser präzisen Lügner habe ich die Faust ins Gesicht gesetzt. Die Zeugen haben meinen Zornausbruch gebilligt und neue Lügen ausgeheckt. Ich habe ihnen nicht geglaubt, mich aber auch nicht getraut, sie ungehört zu lassen. Eines Nachmittags hat man mir einen Umschlag mit einem Papierstreifen gegeben, auf dem ein paar Zeichen standen...

Die Sonne war untergegangen, als ich hinkam. Das Viertel war arm und anständig; das Haus war sehr niedrig; von der Straße aus konnte ich eine Flucht ungepflasterter Höfe sehen und im Hintergrund eine Helligkeit. Im letzten Hof wurde irgendein Moslem-Fest gefeiert; ein Blinder ist mit einer Laute aus rötlichem Holz hineingegangen.

Zu meinen Füßen auf der Schwelle hockte reglos wie ein Gegenstand ein uralter Mann. Ich muß ihn beschreiben, weil er ein wesentlicher Bestandteil der Geschichte ist. Die vielen Jahre hatten ihn verringert und geschliffen wie fließendes Wasser einen Stein oder die Generationen von Menschen einen Spruch. Große Lumpen bedeckten ihn, oder so ist es mir vorgekommen, und der Turban, um den Kopf geschlungen, war auch nur ein Fetzen. In der Dämmerung hebt er mir ein dunkles Gesicht und einen sehr weißen Bart entgegen. Ich spreche ihn ohne Umschweife, da ich schon jede Hoffnung aufgegeben habe, auf David Alexander Glencairn an. Er versteht mich nicht (vielleicht hört er mich gar nicht), und ich muß erklären, daß Glencairn ein Richter ist und ich ihn suche. Bei diesen Worten spüre ich, wie sinnlos es ist, den alten Mann zu befragen, für den die Gegenwart kaum noch ein vages Geräusch ist. ›Nachrichten von der Rebellion oder von Akbar könnte dieser Mann geben‹, denke ich, ›aber nicht von Glencairn.‹ Was er mir sagt, stützt diesen Verdacht.

›Ein Richter!‹ sagt er mit schwächlicher Verwunderung. ›Ein Richter, der verlorengegangen ist, und man sucht ihn. Das ist gewesen, als ich noch ein Junge war. Ich weiß nichts von Daten, aber Nikal Seyn (Nicholson) war noch nicht vor der Mauer von Delhi gefallen. Die Vergangenheit bleibt im Gedächtnis; gewiß bin ich imstande wiederzufinden, was damals geschah. Gott hatte in seinem Zorn zugelassen, daß das Volk verdarb; voll Lästerung waren die Münder, und voll Lug und Trug. Dennoch waren nicht alle verworfen, und als bekanntgemacht wurde, die Königin wolle einen Mann herschicken, der in diesem Lande das Gesetz Englands ausüben sollte, waren die minder Schlechten dessen froh, weil sie fühlten, daß das Gesetz besser ist als die Unordnung. Der

Christ traf ein, und es dauerte nicht lange, da übertrat er seine Amtspflicht und bedrückte das Volk, ließ scheußliche Verbrechen hingehen und verschacherte Gerichtsurteile. Wir gaben ihm anfangs keine Schuld; die englische Gerichtsbarkeit, die er verwaltete, kannte niemand, und die anscheinenden Verstöße des neuen Richters entsprachen vielleicht gültigen und verborgenen Gründen. »Alles wird in seinem Buch seine Rechtfertigung haben«, dachten wir, aber seine Verwandtschaft mit allen schlechten Richtern der Welt war allzu deutlich, und zum Schluß mußten wir zugeben, daß er einfach ein Schurke war. Er wurde zum Tyrannen, und das arme Volk (um sich für die falsche Hoffnung, die es einmal in ihn gesetzt hatte, zu rächen) spielte mit dem Gedanken, ihn beiseite zu schaffen oder vor Gericht zu stellen. Reden genügt nicht; sie mußten den Plan ins Werk setzen. Im Grunde glaubte keiner (abgesehen vielleicht von sehr einfältigen oder sehr jungen Leuten), daß dieses tollkühne Vorhaben in die Tat umgesetzt werden könnte, aber Tausende Sikhs und Moslems hielten ihr Wort und führten eines Tages ungläubig aus, was keiner von ihnen für möglich gehalten hatte. Sie sperrten den Richter ein und bestimmten ihm als Gefängnis einen Bauernhof in einem abgelegenen Viertel. Dann sprachen sie mit denen, die von ihm Unrecht erlitten hatten, oder (im einen oder anderen Falle) mit den Waisen und Witwen, denn das Schwert des Henkers hatte in den Jahren niemals geruht. Zum Schluß – das war vielleicht das Schwierigste – suchten und ernannten sie einen Richter, der den Richter verurteilen sollte.‹

Hier haben ihn ein paar Frauen unterbrochen, die in das Haus gingen.

Dann fährt er langsam fort:

›Es geht die Rede, daß es keine Generation gibt, in der nicht vier gerechte Männer sind, auf denen das Weltganze insgeheim ruht und die es vor dem Herrn rechtfertigen: Einer dieser Männer wäre der berufenste Richter gewesen. Aber wo sie auffinden, da sie verloren und namenlos in der Welt umhergehen und einander nicht kennen, wenn sie sich sehen, und nicht einmal selber um das hohe Amt wissen, das sie erfüllen? Jemand äußerte damals die Ansicht, wenn das Schicksal uns die weisen Männer versage, müsse man die Unweisen aufsuchen. Diese Ansicht errang den Sieg. Korangelehrte, Rechtsdoktoren, Sikhs, die den Namen von Löwen führen und einen Gott anbeten, Hindus, die ganze Massen von Göttern verehren, Mönche von Mahavira, die lehren, daß die Gestalt der Welt die eines Menschen mit gespreizten Beinen ist, Feueranbeter und schwarze Juden stellten das Gerichtstribunal, aber der endgültige Spruch wurde dem Belieben eines Wahnsinnigen anheimgestellt.‹

Hier haben ihn ein paar Leute unterbrochen, die von dem Fest weggingen.

›Eines Wahnsinnigen‹, wiederholt er, ›auf daß Gottes Weisheit durch seinen Mund rede und die menschliche Überheblichkeit beschäme. Sein Name ist verschollen, oder man hat ihn nie gewußt, aber er ging nackt durch die Straßen dieser Stadt oder mit Lumpen bekleidet und zählte seine Finger mit dem Daumen und schnitt den Bäumen Fratzen.‹

Meine Vernunft sträubte sich. Ich habe gesagt, einem Wahnsinnigen die Entscheidung überlassen, heiße soviel wie das Gerichtsverfahren entkräften.

›Der Angeklagte war mit dem Richter einverstanden‹, war die Antwort. ›Vielleicht dachte er, angesichts der Gefahr, die die Verschwörer liefen, wenn sie ihn freiließen, habe er nur von einem Wahnsinnigen kein Todesurteil zu erwarten. Ich habe sagen hören, daß er lachte, als ihm mitgeteilt wurde, wer der Richter sei. Viele Tage und Nächte dauerte der Prozeß, wegen der großen Zahl der Zeugen.‹

Er verstummt. Irgendwas bedrückt ihn. Um etwas zu sagen, frage ich, wieviele Tage.

›Mindestens neunzehn‹, erwidert er. Von neuem unterbrechen ihn Leute, die von dem Fest weggehen. Wein ist den Moslems verboten, aber die Gesichter und die Stimmen waren die von Betrunkenen. Einer hat ihm im Vorbeigehen etwas zugerufen.

›Neunzehn Tage, genau‹, verbessert er sich. ›Der ungläubige Hund vernahm das Urteil, und das Messer ergötzte sich an seiner Kehle.‹

Das sagt er mit fröhlicher Wildheit. Mit veränderter Stimme schließt er die Geschichte:

›Er starb ohne Furcht; irgendeine Tugend wohnt auch in den Gemeinsten.‹

›Wo ist das geschehen, was du erzählt hast?‹ frage ich ihn. ›Auf einem Bauernhof?‹

Zum erstenmal sieht er mir in die Augen. Dann erklärt er langsam, mit gemessenen Worten:

›Ich sagte, daß sie ihm einen Bauernhof als Gefängnis gaben, nicht, daß sie ihn dort aburteilten. In dieser Stadt haben sie ihn verurteilt: In einem Haus wie alle, wie dieses hier. Ein Haus ist von einem anderen nicht verschieden; wichtig ist allein zu wissen, ob es in der Hölle oder im Himmel erbaut ist.‹

Ich frage ihn nach dem Schicksal der Verschwörer.

›Das weiß ich nicht‹, sagt er geduldig. ›Diese Dinge geschahen und gerieten in Vergessenheit, schon vor vielen Jahren. Vielleicht haben die Menschen sie verdammt, nicht aber Gott.‹

Nach diesen Worten steht er auf. Ich spüre, daß er mich mit ihnen verabschiedet, und daß ich von diesem Augenblick an für ihn zu existieren aufhöre. Ein Schwarm Männer und Frauen aus sämtlichen Völkerschaften des Punjab bricht betend und singend über uns herein und fegt uns um ein Haar weg; ich bin verblüfft, daß aus so engen Höfen, kaum breiter als ein Hausgang, so viele Menschen hervorströmen können. Andere ergießen sich aus den benachbarten Häusern; sicher sind sie über die Zwischenmauern gesprungen ... Mit Fäusten und Flüchen schaffe ich mir freie Bahn. Im letzten Hof läuft mir ein nackter Mann über den Weg, bekränzt mit gelben Blumen, den alle küssen und streicheln. Er hat ein Schwert in der Hand. Das Schwert war besudelt, denn es hat Glencairn den Tod gegeben. Ich fand seinen verstümmelten Leichnam in den Pferdeställen am Hofende.«

Der Gefangene

In Junín oder in Tapalquén erzählt man die Geschichte. Ein kleiner Junge verschwand nach einem Überfall; es hieß, die Indios hätten ihn geraubt. Seine Eltern suchten vergebens nach ihm; Jahre später erzählte ihnen ein Soldat, der aus dem Landesinneren kam, von einem Indio mit hellblauen Augen, der wohl ihr Sohn sein konnte. Sie fanden ihn schließlich (die Umstände hat die Chronik nicht behalten, und ich will nicht erfinden, was ich nicht weiß) und glaubten, ihn wiederzuerkennen. Der Mann, von Wildnis und barbarischem Leben gezeichnet, verstand die Wörter seiner Geburtssprache längst nicht mehr, aber er ließ sich gleichmütig und fügsam mitführen, bis vor das Haus. Dort blieb er stehen, vielleicht, weil auch die anderen stehenblieben. Er betrachtete die Tür, als begriffe er sie nicht. Plötzlich senkte er den Kopf, schrie auf und lief durch den Bogengang und die beiden großen Patios und stürzte in die Küche. Ohne zu zögern tauchte er den Arm in den geschwärzten Rauchfang und zog das Messerchen mit Horngriff heraus, das er als kleiner Junge dort versteckt hatte. Seine Augen funkelten vor Freude, und die Eltern weinten, weil sie den Sohn wiedergefunden hatten.

Vielleicht folgten dieser Erinnerung noch weitere, aber der Indio konnte nicht zwischen Mauern leben, und eines Tages machte er sich wieder auf in seine Wildnis. Ich wüßte gern, was er in jenem Augenblick des Taumels empfand, in dem Vergangenheit und Gegenwart ineinanderstürzten; ich wüßte gern, ob der verlorene Sohn wiedergeboren wurde und an dieser Ekstase starb oder ob es ihm gelang, wie ein Kind oder ein Hund die Eltern und das Haus wiederzuerkennen.

Das andere Duell

Es ist viele Jahre her, daß Carlos Reyles, der Sohn des Romanciers, mir diese Geschichte erzählt hat, in Adrogué an einem Sommerabend. In meiner Erinnerung vermengen sich heute die lange Chronik eines Hasses und sein tragisches Ende mit dem Medizingeruch der Eukalyptusbäume und den Stimmen der Vögel.

Wir sprachen wie immer von der verworrenen Geschichte der beiden Vaterländer. Er sagte, mir sei fraglos Juan Patricio Nolan bekannt, der als Draufgänger, Spaßvogel und Schelm Berühmtheit erlangt habe. Ich bejahte, womit ich log. Nolan war ums Jahr neunzig gestorben, aber die Leute dachten noch immer an ihn wie an einen Freund. Auch er hat seine Verleumder gehabt, die nie fehlen. Carlos Reyles erzählte mir eine seiner vielen Teufeleien. Der Vorfall ereignete sich kurz vor der Schlacht bei Manantiales; die Protagonisten waren zwei Gauchos von Cerro Largo, Manuel Cardoso und Carmen Silveira.

Wie und warum entstand ihr Haß? Wie nach einem Jahrhundert die dunkle Geschichte zweier Männer ans Licht holen, deren einziger Ruhm ihr letztes Duell war? Ein Vorarbeiter von Reyles' Vater, der Laderecha hieß und »einen Tigerschnurrbart trug«, hatte durch mündliche Überlieferung gewisse Einzelheiten erfahren, die ich hier ohne sonderliches Zutrauen weitergebe, zumal das Vergessen und das Gedächtnis erfindungsreich sind.

Manuel Cardoso und Carmen Silveira hatten aneinandergrenzende Landstückchen. Wie der Ursprung anderer Leidenschaften ist auch der des Hasses stets dunkel, doch spricht man von einem Streit wegen nicht gebrandmarkter Tiere oder von einem Wettrennen, bei dem Silveira, der der stärkere war, Cardosos Rennpferd aus der Bahn gestoßen hatte. Monate danach fand wohl in der Ladenschänke des Orts eine Dreißiger-Partie Truco zu zweit statt; Silveira beglückwünschte seinen Gegner fast zu jedem Stich, ließ ihn aber schließlich ohne einen Pfennig stehen. Als er das Geld in den Gürtel steckte, dankte er Cardoso für den erhaltenen Unterricht. In diesem Augenblick, glaube ich, wurden sie fast handgreiflich. Die Partie war ziemlich hitzig gewesen; die Anwesenden, die zahlreich waren, trennten sie. Bei derartigen Händeln und zu jener Zeit stand Mann gegen Mann und Stahl gegen Stahl; ein eigenartiger Zug der Geschichte ist, daß Manuel Cardoso und Carmen Silveira wohl mehr als einmal in der Abend- oder Morgendämmerung die Klingen hätten kreuzen können, daß sie sich aber bis zum Schluß nie wirklich gemessen haben. Vielleicht besaßen sie in ihrem armen primitiven Leben kein anderes Gut als ihren Haß und sammelten ihn deshalb an. Ohne es zu ahnen, wurden beide zum Sklaven des anderen.

Ich weiß nicht mehr, ob die Tatsachen, die ich erzählen werde, Wirkung sind oder Ursache. Cardoso, weniger aus Liebe als um etwas zu tun, vergaffte sich in ein Nachbarmädchen, die Serviliana; es genügte, daß Silveira dies erfuhr, um ihr auf seine Weise den Hof zu machen und sie in seine Hütte zu holen. Nach ein paar Monaten setzte er sie vor die Tür, weil er sie satt hatte. Die erbitterte Frau wollte bei Cardoso Schutz suchen; der verbrachte eine Nacht mit ihr und verabschiedete sie am Mittag. Er wollte nicht den Abfall des anderen.

In jenen Jahren, vor oder nach der Serviliana, ereignete sich der Vorfall mit dem Schäferhund. Silveira hing sehr an ihm und hatte ihn Dreiunddreißig getauft. Man fand ihn tot im Graben; Silveira brauchte nicht lange zu überlegen, wer ihn wohl vergiftet haben könnte.

Um den Winter siebzig fand die Revolution von Aparicio sie im gleichen Ladenausschank beim Kartenspiel. An der Spitze eines Freischärlertrupps wiegelte ein brasilianischer Mulatte die Anwesenden auf, sagte, das Vaterland brauche sie, die Unterdrückung der Regierung sei unerträglich; dann verteilte er weiße Kokarden und nahm sie nach dieser Einleitung, die sie nicht verstanden, allesamt mit. Sie durften nicht einmal von ihren Familien Abschied nehmen. Manuel Cardoso und Carmen Silveira fanden sich mit ihrem Los ab; das Leben des Soldaten war nicht härter als das Leben des Gaucho. Bei Wind und Wetter im Sattel zu schlafen, daran waren sie gewohnt; Menschen zu töten kostete die Hand, die gewohnt war, Tiere zu töten, nicht viel. Der Mangel an Einbildungskraft befreite sie von Angst und Kummer, wenngleich bei Beginn der Angriffe Angst sie bisweilen befiel. Das Klirren der Steigbügel und der Waffen ist eines der Dinge, die man stets hört, sobald die Reiterei zur Attacke antrabt. Einer, der anfangs nicht verwundet wurde, hält sich bereits für unverwundbar. Sie hatten kein Heimweh. Der Begriff des Vaterlandes war ihnen fremd; trotz der Kokarden an ihren breitkrempigen Hüten galt ihnen eine Partei soviel wie eine andere. Sie lernten mit der Lanze umzugehen. Im Verlauf der Angriffe und Rückzüge fühlten sie, daß Kampfgefährten zu sein ihnen gestattete, Rivalen zu bleiben. Sie kämpften Schulter an Schulter und wechselten, soweit wir wissen, kein Wort.

Der Herbst einundsiebzig, der schwül war, brachte ihnen das Ende.

Der Kampf, der keine Stunde dauern sollte, erfolgte an einem Ort, dessen Namen sie nie erfuhren. Die Namen setzen später die Geschichtsschreiber ein. Am Vorabend stahl Cardoso sich in das Feldzelt des Anführers und bat ihn flüsternd, er möge ihm, sollten sie am kommenden Tag gewinnen, einen mit roter Kokarde reservieren, da er bislang keinen gekehlt habe und wissen wolle, wie das sei. Sein Vorgesetzter versprach, ihm den Gefallen zu tun, sofern er sich wie ein Mann bewähre.

Die Weißen waren in der Überzahl, aber die anderen verfügten über bessere Bewaffnung und dezimierten sie von einer Anhöhe herab. Nach zwei nutzlosen Attacken, die nicht bis zum Gipfel gelangten, ergab sich der Anführer, schwer verwundet. Auf seine Bitte gaben sie ihm den Gnadenstoß.

Seine Männer streckten die Waffen. Der Hauptmann Juan Patricio Nolan, der die Roten anführte, befahl mit größter Ausführlichkeit die übliche Hinrichtung der Gefangenen. Er stammte aus Cerro Largo und kannte den alten Hader von Silveira und Cardoso. Er ließ sie kommen und sagte:

»Ich weiß, daß ihr euch nicht riechen könnt und daß ihr's seit langem aufeinander abgesehen habt. Ich habe eine gute Nachricht für euch; bevor die Sonne untergeht, könnt ihr zeigen, wer der Stärkere ist. Ich werde euch stehend kehlen lassen, und dann werdet ihr zu einem Wettlauf antreten. Gott weiß schon, wer gewinnen wird.«

Der Soldat, der sie gebracht hatte, führte sie ab.

Bald lief die Nachricht wie ein Lauffeuer durchs Lager. Nolan hatte beschlossen, mit dem Wettlauf das Nachmittagsprogramm zu krönen, aber die Gefangenen schickten einen Sprecher zu ihm mit der Bitte, auch Zeugen sein und auf einen der beiden setzen zu dürfen. Nolan, ein vernünftiger Mann, ließ sich überzeugen; schon wurden Wetten abgeschlossen mit Geld, Reitausrüstung, Stoßwaffen und Pferden, die zu gegebener Zeit den Witwen und Verwandten zugestellt werden würden. Die Hitze war ungewöhnlich; damit jeder seine Siesta bekam, verschob man den Beginn bis vier Uhr. (Sie hatten Mühe, Silveira wach zu bekommen.) Nolan ließ sie nach Criollo-Art eine Stunde warten. Wahrscheinlich besprach er den Sieg mit seinen Offizieren; der Adjutant kam und ging mit dem Teekessel.

Auf beiden Seiten des Erdwegs warteten vor den Feldzelten die Reihen der Gefangenen, auf dem Boden hockend, die Hände auf den Rücken gefesselt, damit sie leichter zu bewachen waren. Der eine oder andere machte sich mit Schimpfwörtern Luft, einer sagte den Anfang des Vaterunser auf, fast alle waren wie betäubt. Natürlich konnten sie nicht rauchen. Der Wettlauf war ihnen bereits gleichgültig, und doch schauten sie zu.

»Auch mich werden sie am Wickel packen«, sagte einer neidisch.

»Ja, aber im Haufen«, warf ein Nachbar hin.

»Wie dich«, erwiderte der andere.

Mit dem Säbel zog ein Sergeant einen Strich quer über den Weg. Silveira und Cardoso hatte man die Handgelenke losgebunden, damit sie unbehindert laufen konnten. Zwischen beiden lag ein Abstand von fast fünf Metern. Sie stellten die Füße auf den Strich; einige Anführer ermahnten sie, nicht schlappzumachen, denn sie hätten Vertrauen in sie gesetzt und hoch gewettet.

Für Silveira wurde der Mulatte Nolan ausgelost, dessen Großeltern fraglos Sklaven der Familie des Hauptmanns gewesen waren und dessen Namen trugen; für Cardoso der reguläre Kehler, ein schon älterer Mann aus Corrientes, der den Verurteilten stets, um sie aufzuheitern, auf die Schulter klopfte und sagte: »Mut, Freund, die Frauen leiden mehr, wenn sie gebären.«

Mit vorgebeugtem Oberkörper würdigten die ungeduldigen Männer einander keines Blicks.

Nolan gab das Zeichen.

Der über seinen Auftrag stolzgeschwellte Mulatte holte aus und hieb eine ansehnliche Scharte von Ohr zu Ohr; der aus Corrientes begnügte sich mit einem knappen Schnitt. Aus den Kehlen schoß das Blut; die Männer machten ein paar Schritte und fielen vornüber. Cardoso streckte stürzend die Arme aus. Er hatte gewonnen und wußte es vielleicht nie.

Das Sandbuch

»... thy rope af sands...«
George Herbert (1593–1623)

Die Linie besteht aus einer unendlichen Zahl von Punkten; die Fläche aus einer unendlichen Zahl von Linien; das Volumen aus einer unendlichen Zahl von Flächen; das Hypervolumen aus einer unendlichen Zahl von Volumina... Nein, gewiß ist diese Weise, meine Erzählung zu beginnen, *more geometrico*, nicht die beste. Die Versicherung, daß sie wahr sei, ist heutzutage bei jeder phantastischen Erzählung üblich; meine jedoch *ist* wahr.

Ich wohne allein in einem vierten Stockwerk der Calle Belgrano. Ein paar Monate wird es her sein, daß ich es eines Nachmittags an der Tür klopfen hörte. Ich öffnete, und ein Unbekannter trat ein. Es war ein großer Mann mit unscharfen Gesichtszügen. Vielleicht sah nur meine Kurzsichtigkeit sie so. Sein ganzes Aussehen war arm, aber anständig. Er war grau gekleidet und hielt einen grauen Koffer in der Hand. Sofort spürte ich, daß er Ausländer war. Anfangs hielt ich ihn für alt; dann wurde mir klar, daß mich sein schütteres blondes, nach skandinavischer Art nahezu weißes Haar getäuscht hatte. Im Verlaufe unserer Unterhaltung, die nicht einmal eine Stunde dauerte, erfuhr ich, daß er von den Orkney-Inseln kam.

Ich bot ihm einen Stuhl an. Der Mann sprach nicht gleich. Er strömte Melancholie aus, so wie ich jetzt.

»Ich verkaufe Bibeln«, sagte er.

Nicht ohne Pedanterie antwortete ich:

»In dieser Wohnung gibt es einige englische Bibeln, sogar die erste, die von John Wyclif. Ich besitze außerdem die von Cipriano de Valera, die von Luther, die unter literarischen Gesichtspunkten die schlechteste ist, und ein lateinisches Exemplar der Vulgata. Wie Sie sehen, sind Bibeln nicht gerade das, was mir fehlt.«

Nach einigem Schweigen antwortete er:

»Ich verkaufe nicht nur Bibeln. Ich kann Ihnen ein heiliges Buch zeigen, das Sie vielleicht interessiert. Ich habe es in der Gegend von Bikanir erworben.«

Er öffnete den Koffer und legte es auf den Tisch. Es war ein in Leinen gebundener Oktavband. Ohne Zweifel war er durch viele Hände gegangen. Ich untersuchte ihn; sein ungewöhnliches Gewicht überraschte mich. Auf dem Buchrücken stand *Holy Writ* und darunter *Bombay*.

»Neunzehntes Jahrhundert wahrscheinlich«, bemerkte ich.

»Ich weiß nicht. Ich habe es nie gewußt«, war die Antwort.

Ich schlug das Buch aufs Geratewohl auf. Die Schrift war mir fremd. Die Seiten, die mir abgenutzt und typographisch armselig vorkamen, waren in Bibelmanier zweispaltig bedruckt. Der Text war eng und in bibelartige Verse unterteilt. In der oberen Ecke der Seiten standen arabische Ziffern. Er machte mich darauf aufmerksam, daß die gerade Seite die Nummer (sagen wir) 40514 trug und die folgende ungerade die Nummer 999. Ich blätterte sie um; die Rückseite war mit acht Ziffern paginiert. Auf ihr befand sich eine kleine Abbildung, wie sie in Lexika üblich sind: ein Anker, wie von der unbeholfenen Hand eines Kindes mit der Feder gezeichnet.

In diesem Augenblick sagte der Unbekannte:

»Sehen Sie ihn sich gut an. Sie werden ihn nie wiedersehen.«

In der Feststellung lag eine Drohung, indessen nicht im Ton.

Ich merkte mir die Stelle und schlug den Band zu. Gleich darauf öffnete ich ihn wieder. Vergebens suchte ich die Abbildung des Ankers, Seite auf Seite. Um meine Verwirrung zu verbergen, sagte ich:

»Es handelt sich um eine Übersetzung der Heiligen Schrift in eine indische Sprache, nicht wahr?«

»Nein«, erwiderte er.

Darauf senkte er die Stimme, als wolle er mir ein Geheimnis anvertrauen:

»Ich habe es in einem Dorf in der Ebene erworben, im Tausch gegen einige Rupien und die Bibel. Sein Besitzer konnte nicht lesen. Ich habe den Verdacht, daß er das Buch der Bücher als Amulett betrachtete. Er war aus der niedersten Kaste: Wer auf seinen Schatten tritt, verunreinigt sich. Sein Buch heißt Sandbuch, sagte er, weil weder das Buch noch der Sand Anfang oder Ende haben.«

Er forderte mich auf, das erste Blatt zu suchen.

Ich drückte die linke Hand auf das Titelblatt und schlug das Buch auf, den Daumen fest an den Zeigefinger gepreßt. Alles war zwecklos: Immer schoben sich einige Blätter zwischen Titelblatt und Hand. Es war, als brächte das Buch sie hervor.

»Nun suchen Sie das Ende.«

Auch das gelang mir nicht; mit einer Stimme, die mir nicht gehörte, konnte ich gerade stammeln:

»Das kann doch nicht sein.«

Mit immer noch gesenkter Stimme sagte der Bibelverkäufer:

»Es kann nicht sein, aber es *ist* so. Dieses Buch hat nämlich eine unendliche Zahl von Seiten. Keine ist die erste, keine die letzte. Ich habe keine Ahnung, warum es so willkürlich paginiert ist. Vielleicht um zu verstehen zu geben, daß jeder Term einer unendlichen Serie eine beliebige Zahl tragen kann.«

Dann, als ob er laut dächte:

»Wenn der Raum unendlich ist, befinden wir uns an einem beliebigen Punkt des Raumes. Wenn die Zeit unendlich ist, befinden wir uns an einem beliebigen Punkt der Zeit.«

Seine Überlegungen irritierten mich. Ich fragte:

»Sie sind bestimmt gläubig?«

»Ja, ich bin Presbyterianer. Mein Gewissen ist rein. Ich bin sicher, daß ich den Eingeborenen nicht übers Ohr gehauen habe, als ich ihm sein teuflisches Buch gegen das Wort des Herrn eintauschte.«

Ich versicherte ihm, daß er sich nichts vorzuwerfen habe, und erkundigte mich, ob er in dieser Gegend auf der Durchreise sei. Er antwortete, daß er in einigen Tagen in seine Heimat zurückzukehren gedenke. So erfuhr ich jetzt, daß er Schotte war und von den Orkney-Inseln stammte. Ich sagte, daß mir persönlich Schottland sehr nahe stehe, aus Liebe zu Stevenson und Hume.

»Und Robbie Burns«, verbesserte er mich.

Während wir uns unterhielten, setzte ich die Untersuchung des unendlichen Buches fort. Mit vorgetäuschter Gleichgültigkeit fragte ich:

»Haben Sie vor, dieses kuriose Stück dem Britischen Museum anzubieten?«

»Nein. Ich biete es Ihnen an«, antwortete er und nannte eine hohe Summe.

Ich antwortete ihm völlig wahrheitsgemäß, daß ich diese Summe nicht aufbringen könne, und begann nachzudenken. Nach einigen Minuten hatte ich meinen Plan fertig.

»Ich schlage Ihnen einen Handel vor«, sagte ich. »Sie haben diesen Band für ein paar Rupien und die Heilige Schrift erhalten. Ich biete Ihnen meine ganze Pension, die mir gerade ausgezahlt worden ist, und dazu die Wyclif-Bibel in gotischer Schrift. Ich habe sie von meinen Eltern geerbt.«

»Eine Black-Letter-Wyclif!« murmelte er.

Ich ging in mein Schlafzimmer und brachte ihm das Geld und das Buch. Er wendete die Blätter und studierte die Titelseite mit der Inbrunst eines Bibliophilen.

»Einverstanden«, sagte er.

Es wunderte mich, daß er gar nicht feilschte. Erst später sollte mir klarwerden, daß er meine Wohnung in der Absicht betreten hatte, das Buch zu verkaufen. Er zählte die Geldscheine nicht und steckte sie ein.

Wir redeten über Indien, die Orkney-Inseln und die norwegischen *jarls*, die einst über sie herrschten. Es war Abend, als der Mann aufbrach. Ich habe ihn nicht wiedergesehen, noch weiß ich seinen Namen.

Ich hatte vor, das Sandbuch in der Lücke aufzustellen, die die Wyclif-Bibel hinterlassen hatte, doch beschloß ich schließlich, es hinter einigen unvollständigen Bänden von *Tausendundeine Nacht* zu verstecken.

Ich legte mich hin und schlief nicht. Um drei oder vier Uhr nachts machte ich Licht. Ich holte das unmögliche Buch hervor und blätterte darin. Auf einer Seite sah ich den Stich einer Maske. In der Ecke stand eine Zahl, ich weiß nicht mehr welche, die in die neunte Potenz erhoben war.

Ich zeigte niemandem meinen Schatz. Zu dem Glück seines Besitzes gesellte sich die Furcht vor seinem Diebstahl und dann auch noch der Argwohn, daß er nicht wirklich unendlich sei. Diese beiden Befürchtungen verstärkten meine schon lange vorhandene Misanthropie. Mir waren einige Freunde geblieben; ich traf mich mit ihnen nicht mehr. Als Gefangener des Buches zeigte ich mich kaum noch auf der Straße. Mit einer Lupe untersuchte ich den ramponierten Buchrücken und die Einbanddeckel, und ich verwarf die Möglichkeit irgendeines Tricks. Ich stellte fest, daß die kleinen Illustrationen tausend Seiten voneinander entfernt waren. Ich trug sie in ein alphabetisches Notizbuch ein, das sich rasch füllte. Sie wiederholten sich nie. Nachts träumte ich in den knappen Pausen, die mir die Schlaflosigkeit gewährte, von dem Buch.

Der Sommer ging zu Ende. Und ich begriff, daß das Buch etwas Ungeheuerliches war. Die Überlegung, daß ich selber nicht weniger ungeheuerlich war, der ich es mit meinen Augen wahrnahm und mit zehn Fingern samt Fingernägeln betastete, nützte mir nichts. Ich hatte das Gefühl, es mit einem Gegenstand für Albträume zu tun zu haben, mit etwas Obszönem, das die Wirklichkeit schändete und korrumpierte.

Ich dachte an Feuer, doch fürchtete ich, daß das Verbrennen eines unendlichen Buches gleichfalls unendlich wäre und die Erde im Rauch ersticken würde.

Mir fiel ein, gelesen zu haben, daß das beste Versteck für ein Blatt der Wald ist. Vor meiner Pensionierung arbeitete ich in der Nationalbibliothek, die neunhunderttausend Bücher besitzt; ich weiß, daß rechts von der Eingangshalle eine Wendeltreppe im Keller verschwindet, wo sich die Zeitungen und Landkarten befinden. Ich nutzte eine Unachtsamkeit der Angestellten aus, das Sandbuch auf einem der feuchten Regale loszuwerden. Ich versuchte, mir nicht zu merken, in welcher Höhe und in welcher Entfernung von der Tür.

Ich fühle mich etwas erleichtert, aber die Calle México meide ich lieber.

Von der Strenge der Wissenschaft

... In jenem Reich erlangte die Kunst der Kartographie eine solche Vollkommenheit, daß die Karte einer einzigen Provinz eine ganze Stadt einnahm und die Karte des Reichs eine ganze Provinz. Mit der Zeit befriedigten diese maßlosen Karten nicht länger, und die Kollegs der Kartographen erstellten eine Karte des Reichs, die die Größe des Reichs besaß und sich mit ihm in jedem Punkt deckte. Die nachfolgenden Geschlechter, dem Studium der Kartographie minder ergeben, hielten diese ausgedehnte Karte für unnütz und überließen sie, nicht ohne Ruchlosigkeit, den Unbilden der Sonne und der Winter. In den Wüsten des Westens überdauern zerstückelte Ruinen der Karte, behaust von Tieren und von Bettlern; im ganzen Land gibt es keine andere Reliquie der Geographischen Disziplinen.

Suárez Miranda: *Viajes de varones prudentes*, IV. Buch, Kapitel XLV, Lérida, 1658

Anmerkungen

Die nachstehenden Anmerkungen stammen von Gisbert Haefs, dem Mitherausgeber der im Carl Hanser Verlag erschienen Gesamtausgabe von Borges, und wurden, wie die Erzählungen, folgenden Bänden entnommen:

Fiktionen. Erzählungen 1939–1944. Band 5 (Sigel: F)
Das Aleph. Erzählungen 1944–1952. Band 6 (Sigel: A)
Borges und ich. Kurzprosa und Gedichte 1960. Band 9 (Sigel: Bui)
Spiegel und Maske. Erzählungen 1970–1983. Band 13 (Sigel: SuM)

Bei den einzelnen Erzählungen werden die Originalausgabe, das Sigel des Bandes der deutschen Gesamtausgabe und die Übersetzer genannt.

Emma Zunz
Erstmals erschienen im Band *El Aleph* 1949, übertragen von Karl August Horst und Gisbert Haefs. (A)
Bagé, Rio Grande (do Sul): Ort bzw. Provinz im südlichen Brasilien.
Gualeguay: Ort und Distrikt in der Provinz Entre Ríos.
Lanus: damals relativ wohlhabender Vorort südwestlich von Buenos Aires.
Lacroze: damals Straßenbahnlinie zwischen Zentrum und Nordwesten von Buenos Aires.

Die kreisförmigen Ruinen
Erstmals erschienen in *Ficciones* 1944, übertragen von Karl August Horst und Gisbert Haefs. (F)
In *The Aleph and other Stories* (New York 1970) stellt Borges fest, das ontologische Argument, demzufolge Jemand oder Etwas Ursache seiner selbst sein könne, sei ihm immer als bloßes Wortgeklingel vorgekommen; Sprache impliziere nun einmal den Sprecher, Traum den Träumer; dies führe zwangsläufig zum Konzept einer endlosen Serie von Sprechern und Träumern, einem *regressus ad infinitum.* »Beim Schreiben habe ich natürlich nicht in dieser abstrakten Form über die Story nachgedacht. In einem Doppelsonett über Schach [in *Borges und ich*] nahm ich Jahre später die Idee wieder auf. Die Schachfiguren wissen nicht, daß ein Spieler sie lenkt; der Spieler weiß nicht, daß ein Gott ihn lenkt; der Gott weiß nicht, welche anderen Götter ihn lenken. Vor einigen Jahren, bei einem Besuch in Lubbock, Texas, fragte mich ein Mädchen, ob ich bei der Abfassung eines weiteren Gedichts, ›Der Golem‹ [in *Die zyklische Nacht*], bewußt die ›kreisförmigen Ruinen‹ hätte neuschreiben wollen. Die Antwort war nein, aber ich dankte ihr dafür, daß sie mir diese unvermutete Affinität offenbart hatte. – Leser haben ›Die kreisförmigen Ruinen‹ oft für meine beste Geschichte gehalten. Ich kann diese Meinung kaum teilen, da ich heute gewollt ›feines‹ Schreiben, dem sich diese Geschichte dauernd nähert, für einen Anfängerfehler halte…«

Motto: »Und wenn er aufhörte, von dir zu träumen…« (Lewis Carroll).

Zend, nach Norden fließender Fluß, Griechisch, Feueraltäre: Damit wäre die Erzählung etwa im 4. Jh. v. Chr. anzusiedeln, am Ufer des Oxus bzw. Amu-darja, im Bereich des antiken Baktrien.

Die Lotterie in Babylon

Erstmals erschienen in *Ficciones* 1944, übertragen von Karl August Horst und Gisbert Haefs. (F)

Aleph, Beth, Ghimel: die drei ersten Buchstaben des hebräischen Alphabets.

Herakleides Pontikos: platon.-pythagoreisierender Philosoph, ca. 390–310 v. Chr., Schüler Platons, verfaßte vor allem Dialoge.

Aelius Lampridius: vermutlich fiktiver Verfasser einiger Viten der *Historia Augusta*.

Elagabal(us) Heliogabalos: röm. Kaiser 218–222 (geb. 204); eig. Caesar Marcus Aurelius Antoninus Augustus, vor der Thronerhebung Varius Avitus. E. wurde in Rom erzogen, ging vermutlich 217 nach Kleinasien, wo er in Emesa Priester des syr. Gottes Elagabal wurde, den er 219 zum höchsten röm. Stadtgott erhob. Nach E.s Ermordung 222 wurde der orgiastische Kult, den die Römer als demütigend empfanden, wieder abgeschafft.

Taprobane: im griech.-röm. Altertum Name der Insel Ceylon (Sanskrit: Tãmraparni).

Der Plot

Erstmals erschienen in *El hacedor* 1960, übertragen von Karl August Horst und Gisbert Haefs. (Bui)

»Pero, che!«: *Che* ist in zahlreichen lateinamerikanischen (besonders argentinischen) Indianersprachen in der Bedeutung »Mensch« vorhanden, und zwar vor allem als Selbstbezeichnung, so z.B. in *Tehuel-Che* (Patagones) oder *Puel-Che* (Araukanisch *puel* = östlich, also Ostmenschen). *Che* ist von hier aus in die Vulgärsprache der La-Plata-Staaten, insbesondere Argentiniens, als saloppe Anrede (Mensch! Kerl!) eingegangen, analog zum spanischen *hombre!*. Es wird in nahezu allen Redefloskeln, aber auch als Anruf verwendet (wie Hallo). Daraus abgeleitet ist das argentinische Verb *chéchéar*, gebildet wie frz. *tutoyer*, duzen. *Che* hat etwa die Funktion eines Vokativs von *tu*, du. *»Pero, che!«* (*pero* = aber) ist nicht annähernd entsprechend zu übersetzen. – Dem argentinischen Arzt Ernesto Guevara trug die ständige Verwendung dieser argentinischen Anrede in Kuba den Beinamen Che ein.

Der Süden

Erstmals erschienen in *Ficciones* 1944, übertragen von Karl August Horst und Gisbert Haefs. (F)

Borges bezeichnete diese Erzählung mehrfach als eine seiner besten. Unfall, Sepsis und Klinikaufenthalt des Protagonisten finden sich in Borges' Biographie; Kritiker und Biographen stellten verschiedentlich

Mutmaßungen über »die Frau« an, zu der Dahlmann treppauf läuft. In *Borges at Eighty* sagt Borges: »Ich hatte Henry James gelesen. Wie Sie alle hatte mich diese Geschichte ›The Turn of the Screw‹ sehr beeindruckt, die mehrere Interpretationen zuläßt... Henry James hat da mehrere Geschichten geschrieben, die ›ineinandergerollt‹ sind. Da dachte ich dann, ich wollte so etwas auch machen. Ich wollte mich am gleichen Trick versuchen, indem ich drei Geschichten gleichzeitig schrieb. Darauf schrieb ich ›El Sur‹. Darin können Sie drei Geschichten finden. Zuerst die Parodie. Da wird ein Mann von dem getötet, was er liebt. Das ist die Umkehr dessen, was Oscar Wilde sagte: ›For each man kills the thing he loves.‹ Eine zweite Version wäre es, die Geschichte als realistisch zu lesen. Dann käme noch die interessanteste Interpretation, die die anderen keineswegs ausschließt: Man kann die zweite Hälfte der Geschichte als das lesen, was der Mann träumte, als er im Krankenhaus unter dem Messer starb. Denn der Mann hungerte ja wirklich nach einem epischen Tod... Ich glaube, technisch ist es wirklich eine gute Geschichte, weil ich diese drei Stories gleichzeitig erzähle, ohne daß sie einander beeinträchtigen...«

Catriel: Indiofürst, bedeutender Krieger in den arg. Indianerkriegen des 19. Jhs. (»Argentiniens Sitting Bull«).

Martín Fierro: Bezieht sich auf Argentiniens »Nationalepos«, *El gaucho Martín Fierro*, von José Hernández. Borges widmete dem Werk einen Essay (*Die Gaucho-Dichtung*) und eine Monographie (*El Martín Fierro*, 1953, zusammen mit Margarita Guerrero).

Rivadavia: lange Straße, die ungefähr in Ost-West-Richtung verläuft und Buenos Aires durchschneidet.

Hipólito Irigoyen (1850–1933): populärer argentinischer Politiker, Staatspräsident 1916–1922 (in dieser Zeit setzte er zahlreiche Sozialreformen durch und hielt Argentinien aus dem 1. Weltkrieg heraus); wiedergewählt 1928, 1930 durch Putsch gestürzt.

Drei Fassungen von Judas

Erstmals erschienen in *Ficciones* 1944, übertragen von Karl August Horst und Gisbert Haefs. (F)

Motto: etwa »Degradierung schien eine Gewißheit zu bergen«.

Basilides: Gnostiker.

Satornilos: Gnostiker, ca. 100 n. Chr.; Karpokrates: angeblicher Stifter der gnost. Sekte der Karpokratianer, nach 100 n. Chr., vermutlich nicht historisch; *Liber adversus omnes haereses*: nicht zu ermitteln; dem von Borges »apokryph« genannten Buch dürfte Irenäus' Schrift *Wider die Ketzer* (*Adversus haereses*) zugrundeliegen (2. Jh.); *Syntagma*: verlorene Schrift des Bischofs Hippolytos (3. Jh.) gegen die Gnostiker.

Zu den zahlreichen Theologen, Ketzern etc.: Borelius, Engström, Erfjord, Kemnitz: nicht zu ermitteln; Johannes von Viterbo (1432-1502), ital. Dominikaner und Astrologe; Hans Lassen Martensen (1808-1884), dän. Theologe mit theosophischen Neigungen; *midrashim* (hebr.) exegetische Texte; Frederick W. Robertson (1816–1853), engl. Theologe und Asket; *Shem Hamephorash* (hebr.), »der wichtigste Name« Gottes, vgl. »Tetragrammaton« in ›Der Tod und der Kompaß‹; Simeon ben Azai (2. Jh.), wegen seiner Frömmigkeit berühmter jüdischer Gelehrter; Quintus Valerius Soranus (ca. 130–82 v. Chr.), röm. Gelehrter und Redner, auf Geheiß des Pompeius ermordet.

Almafuerte: (»starke Seele«) Pseudonym des Argentiniers Pedro Bonifacio Palacios (1854–1917). Er verfaßte oratorische Gedichte und Prosa und legte darin eine persönliche Religion dar: »Ich bin kein Literat, ich bin ein Prediger.« Laut Borges handelt es sich dabei vor allem um eine allgemeine Lehre der Frustration einschließlich Rechtfertigung und Mystik. (Zitiert nach *Enciclopedia de la literatura argentina*, Buenos Aires 1970.)

Maurice Abramowicz: Schulfreund von Borges aus dessen Zeit in Genf; Borges schiebt ihm häufiger abstruse Zitate unter. Der frz. Text der Fußnote lautet: »Jesus, diesem Skandinavier zufolge, spielt immer die schöne Rolle; dank der Fertigkeit der Typographen genießen seine Kümmernisse vielsprachigen Ruf; sein dreiunddreißigjähriger Aufenthalt unter den Menschen war insgesamt nicht mehr als eine Sommerfrische.«

Euclides da Cunha: brasil. Autor (1866–1909), sein Roman *Os sertões* (1902) schildert die von Antonio Maciel, genannt Conselheiro (»Ratgeber«), angeführte religiös-kommunistische Rebellion in Canudos (Bahía), 1896/97, von der Armee blutig niedergeschlagen.

Argumentum ornithologicum

Erstmals erschienen in *El hacedor* 1960, übertragen von Karl August Horst und Gisbert Haefs. (Bui)

Die Rose des Paracelsus

Nach *La memoria de Shakespeare* (erste Buchausgabe 1989), übertragen von Dieter E. Zimmer und Gisbert Haefs. (SuM)

Motto-Verweis: Thomas de Quinceys Text ›The Palimpsest of the Human Brain‹ in *Suspiria de Profundis*. De Quincey stellt dort fest, die Wiedereroberung der Vergangenheit durch historische Detektion, schichtweises Abtragen geschichtlicher Ablagerungen und Rekonstruktion komplizierter Zusammenhänge aus winzigen Spuren sei weit beeindruckender als die Wiederbelebung einer verbrannten Rose durch Paracelsus. Die von Borges bezeichnete Passage lautet wörtlich: *»Insolent vaunt of Paracelsus, that he would restore the original rose or violet out of the ashes settling from its combustion* – that *is now rivalled in this modern achievement.«*

Alembik: Helm- oder Blasenhut.

Athanor: Ofenaufsatz, der mit Kohlen gefüllt wird und diese nach und nach in den Ofen fallen läßt.

Shakespeares Gedächtnis

Nach *La memoria de Shakespeare* (erste Buchausgabe 1989), übertragen von Gisbert Haefs. (SuM)

Lewis Theobald: engl. Shakespeare-Forscher (1688–1744), der sich um sichere Textgrundlagen bemühte; von seinen über 300 Änderungen bzw. Verbesserungen in den damals vorliegenden Shakespeare-Fassungen werden die meisten noch heute als korrekt akzeptiert.

Adam Clay: »Adam Lehm«, der Rote Adam.

and shake the yoke ... (laut engl. Standardausgaben endet das Zitat *»... world-wearied flesh«*): aus *Romeo and Juliet* V.iii.109; »Und schüttle von dem lebensmüden Leibe das Joch feindseliger Gestirne«.

A.B.C.: Ein entlegeneres Werk von Geoffrey Chaucer (1340–1400).

Sonett 127: vermutlich Druckfehler; das betreffende Sonett dürfte Nr. 107 sein, dessen 2. Quartett lautet:

The mortal moon hath her eclipse endur'd,
And the sad augurs mock their own presage;
Incertainties now crown themselves assur'd,
And peace proclaims olives of endless age.

Ondoyant et divers: etwa »wogend und vielfältig«.

absences dans l'infini: etwa »vom Unendlichen abgelenkt«, »im Unendlichen schweifend«.

... *my way of life ...*: Macbeth V.iii.23; »Mein Leben ging in die Dürre schon, ins gelbe Laub«.

Simply the thing I am ...: Parolles in *All's Well that Ends Well*, IV.iii.373. Der gesamte Passus (*»Captain I'll be no more; / But I will eat and drink, and sleep as soft / As captain shall: simply the thing I am / Shall make me live«*) löste bei Borges u.a. ein Gedicht aus (›The Thing I Am‹ in *Historia de la noche, Rose und Münze*) und findet sich in ›Geschichte der Echos eines Namens‹ (*Inquisitionen*) als Echo des göttlichen Ich Bin Der Ich Bin; die Schlegel/Tieck-Fassung in *Ende gut, alles gut* (»Mit der Hauptmannschaft ist's aus; doch soll mir Speis' und Trank und Schlaf gedeihen, als wäre ich Hauptmann; nähren muß mich nun mein nacktes Selbst«) wird dem Original keinesfalls gerecht.

Das unerbittliche Gedächtnis

Erstmals erschienen in *Ficciones* 1944, übertragen von Karl August Horst und Gisbert Haefs. (F)

Ipuche: urug. Lyriker, in den 20er Jahren mit Borges befreundet.

Compadrito: »Gevatterchen«, kleiner Krakeeler bzw. Messer-»Held«.

Ituzaingó: Während der Auseinandersetzungen zwischen Brasilien und den La-Plata-Ländern um die Unabhängigkeit des späteren Uruguay fand dort 1827 eine Schlacht statt.

Andrés Bello (1781–1865): venezolanischer Gelehrter und Schriftsteller; verfaßte Bücher über Völkerrecht, Geographie, Grammatik, Orthographie; eine Geschichte Venezuelas; Gedichte. Auch nach der Unabhängigkeit hielt er Spaniens zivilisatorischen Einfluß auf Lateinamerika für wichtig und versuchte mit *Gramática de la lengua castellana destinada al uso de los americanos* (1847) einen gemeinsamen Sprachstandard für Spanien und Amerika als Band zwischen den hispanischen Völkern zu schaffen. Er schlug verschiedene Rechtschreibänderungen vor; dazu gehörte die hier von Borges zitierte Ersetzung des *y* (›und‹) durch *i* und des *g* vor e und i (Lautwert ch wie in ›Loch‹) durch *j*. Nach dieser Schreibung handelte es sich beim vorliegenden Buch um Werke von Jorje Luis Borjes.

»ut nihil ...«: bezieht sich auf den später genannten Metrodorus, der die Kunst vervollkommnete, »alles Gehörte mit den gleichen Worten wiederzugeben«.

Quebracho-Gefecht: 1882 fand bei Quebracho eine der zahllosen Schlachten der wirren uruguayischen Bürgerkriege des 19. Jhs. statt; Truppen des Generals/Präsidenten/Diktators Santos besiegten Aufständische.

33 Uruguayer: die Rebellen, die 1825 unter dem Kommando von Lavalleja den Unabhängigkeitskrieg gegen Brasilien begannen.

Der Garten der Pfade, die sich verzweigen

Erstmals erschienen in *Ficciones* 1944, übertragen von Karl August Horst und Gisbert Haefs. (F)

Sir Basil Henry Liddell Hart (1895–1970): engl. Offizier (zuletzt Captain) und Militärtheoretiker sowie Militärhistoriker; Borges zitiert eine *Historia de la Guerra Europea*, bei der es sich vermutlich um die *History of the World War 1914–1918* handelt.

Tsingtau: östl. von Peking gelegene Küstenstadt, 1898 deutsch, Nov. 1914 von den Japanern besetzt, 1922 an China zurückgegeben. Die dortige *Hochschule* steht im Orig. deutsch.

Hung Lu Meng oder *Hong Leou Mong*: deutsch *Der Traum der roten Kammer*, Roman aus der 2. Hälfte des 18. Jahrhunderts, wahrscheinlich verfaßt von Ts'ao Tchan (Siue-K'in), 1719-1764.

Verlorene Enzyklopädie: vom 3. Kaiser der Ming-Dynastie 1403 angeordnete Zusammenstellung allen Wissens, fertiggestellt 1408, Umfang 11095 Bände. 1567 wurden zwei Kopien angefertigt; von Original und Kopien existieren nur noch einige verstreute Bände.

Ulrika

Erstmals erschienen in *El libro de arena* 1975, übertragen von Dieter E. Zimmer und Gisbert Haefs. (SuM)

Motto: etwa: »Er aber zog das Schwert Gram und legte es blank zwischen sie«.

Das Aleph

Erstmals erschienen in *El Aleph* 1949, übertragen von Karl August Horst und Gisbert Haefs. (A)

Motti: »O Gott, ich könnte in einer Nußschale befangen sein und mich (doch) für einen König des unendlichen Raums halten« (Shakespeare). – »Aber sie werden uns lehren, daß Ewigkeit das Stillestehen der gegenwärtigen Zeit ist, ein *Nunc-stans* (wie die Schulen es nennen); was weder sie noch sonst jemand versteht, ebensowenig wie sie ein *Hic-stans* für eine unbegrenzte Größe des Orts verstünden« (Hobbes).

Paul Fort: französischer Lyriker (1872–1960).
Werke und Tage: von Heosid (8./9. Jh. v. Chr.).
Voyage autour de ma chambre: Buch des in Savoyen geborenen Xavier de Maistre (1763–1852).
Polyolbion: Der Verfasser, Michael Drayton, lebte 1563–1631.
Georgica, *Landleben*: idyllische Dichtungen von Vergil (70–19 v. Chr.).
Don Segundo: der Gauchoroman *Don Segundo Sombra* von Ricardo Güiraldes (1886–1927).
Álvaro Melián Lafinur: Borges' Vetter, laut Borges »schlechter Lyriker«.
Zunnis Kanzlei: Caseros/Tacuarí, nahe dem Bahnhof Constitución, ist relativ weit von den Gerichten entfernt und für Anwälte eine eher schäbige Adresse.
multum in parvo: lat. »Vieles in Kleinem«.

Die Narbe

Erstmals erschienen in *Ficciones* 1944, übertragen von Karl August Horst und Gisbert Haefs. (F)
Tacuarembó: Fluß, Bezirk und Stadt in Uruguay.
Dungarvan: Küstenbezirk in der Grafschaft Waterford, Irland.
1922, Connaught: Nach jahrelangen blutigen Kämpfen zwischen Iren und Briten wurde 1922 das südliche Irland unabhängig, die sechs Grafschaften Nordirlands verblieben bei Großbritannien. Gegner (vor allem IRA) und Befürworter der Teilung gingen fast nahtlos vom Unabhängigkeits- in einen Bürgerkrieg über. Connaught (im Westen) ist der Name eines der vier alten irischen Königreiche; die anderen sind Ulster, Leinster und Munster.
Elphin: Hafenort in der irischen Grafschaft Roscommon.
Maude: engl. Militärtheoretiker, der neben eigenen Werken auch eine Clausewitz-Übersetzung vorlegte.
C'est une affaire flambée: »Das ist eine verlorene Sache.«
Black and Tans: aus demobilisierten britischen Soldaten rekrutierte Spezialtruppe, so genannt wegen ihrer Uniform aus Khakihosen und schwarzen Polizeiröcken; berüchtigt vor allem wegen ihrer brutalen Repressalien gegen Bevölkerung und die damalige IRA.

Deutsches Requiem

Erstmals erschienen in *El Aleph* 1949, übertragen von Karl August Horst und Gisbert Haefs. (A)
Zorndorf: Preußischer Sieg gegen russische Truppen 1758 während des Siebenjährigen Kriegs.
De rerum natura: »Über die Natur der Dinge« von Lukrez.
kerndeutsch: im Orig. deutsch; so auch Abrechnung mit Spengler, Dichtung der Zeit, Weltbewußtsein.
in Ephesus mit wilden Tieren...: 1 Korinther 15:32.
im Schreien der Hauptleute...: Hiob 39:25.
Aristoteliker/Platoniker: vgl. ›Die Nachtigall von Keats‹ (*Inquisitionen*).
Du bist dieser Mensch: in anderen Bibelübersetzungen »du bist der Mann«, 2 Samuel 12:7.

Der Tod und der Kompaß
Erstmals erschienen in *Ficciones* 1944, übertragen von Wolfgang Luchting und Gisbert Haefs. (F)
Borges (in *The Aleph and other Stories*): »... Als ich 1942 in ›Der Tod und der Kompaß‹ eine Albtraumfassung von Buenos Aires erstellte, sagten mir meine Freunde, endlich sei es mir gelungen, ein einigermaßen erkennbares Bild meiner Heimatstadt zu zeichnen. Ein paar topographische Erläuterungen sind vielleicht angebracht. Das Hôtel du Nord steht für das Plaza-Hotel. Die Flußmündung ist der Río de la Plata... Die Rue de Toulon ist der Paseo Colón bzw., was ›Unterwelt‹ angeht, der alte Paseo de Julio, heute Leandro Alem. Triste-le-Roy, ein wunderbarer Name, den Amanda Molina Vedia erfunden hat, steht für das längst abgerissene Hotel Las Delicias in Adrogué. (Amanda hatte auf die Wand ihres Schlafzimmers die Karte einer imaginären Insel gemalt; dort entdeckte ich den Namen Triste-le-Roy.) Um jeden Verdacht auf Realismus zu entkräften, verwendete ich entstellte Namen und ließ die Geschichte in irgendeinem kosmopolitischen Rahmen ohne jede spezifische Geographie spielen. Die Namen der Personen tun das ihre: Treviranus ist Deutsch, Azevedo Portugiesisch-Jüdisch, Yarmolinsky Polnisch-Jüdisch, Finnegan Irisch, Lönnrot Schwedisch.
Muster in Raum und Zeit finden sich in der ganzen Geschichte immer wieder. Ein Dreieck wird vorgeschlagen, aber die Lösung basiert tatsächlich auf einem Rhombus. Dieser Rhombus wird aufgenommen in den Karnevalskostümen der vorgeblichen Entführer und in den Fenstern von Triste-le-Roy, wie auch im Vierfachen Namen Gottes, dem Tetragrammaton. Ferner zieht sich ein roter Faden durch die Seiten der Geschichte: Sonnenuntergang auf einer rosa Mauer, Blut auf dem Gesicht des Toten. Rot findet sich auch in den Namen von Detektiv und Verbrecher.
Der Töter und der Getötete, deren Hirne gleichartig arbeiten, könnten derselbe Mensch sein. Lönnrot ist kein hoffnungsloser Trottel, der in eine Todesfalle spaziert, sondern auf symbolische Weise ein Mann, der Selbstmord begeht...
Wie die meisten Stories sollte ›Der Tod und der Kompaß‹ durch seine allgemeine Atmosphäre stehen oder fallen, nicht durch den *plot*, der, wie ich annehme, heute ziemlich altmodisch und daher uninteressant ist...«
Zu den »Werken« des ermordeten Rabbiners vgl. u.a. Borges' ›Eine Rechtfertigung der Kabbala‹ in *Kabbala und Tango* und ›Die Kabbala‹ in *Die letzte Reise des Odysseus*.

Der Mann auf der Schwelle
Erstmals erschienen in *El Aleph* 1949, übertragen von Karl August Horst und Gisbert Haefs. (A)
Borges bemerkt in seinem Nachwort, der plötzliche und wiederholte Blick in eine tiefe Abfolge von Patios und Gängen eines Mietshauses an der Calle Paraná, Buenos Aires, habe ihm diese Geschichte einge-

geben, und er habe sie nach Indien verlegt, um ihre Unwahrscheinlichkeit weniger offensichtlich zu machen. In *The Aleph and other Stories* (1969) stellte er fest, nunmehr erinnere er sich eines ganz anderen Ausgangspunktes. »In Salto, Uruguay, ging ich eines Abends mit Enrique Amorim, weil wir nichts Besseres zu tun hatten, zum Schlachthof des Orts. Auf der Schwelle des langen, niedrigen Adobe-Gebäudes hockte ein zerschundener und beinahe lebloser alter Mann. Amorim fragte ihn: ›Wird gerade getötet?‹ Der alte Mann schien sich zu einem kurzen, bösen Erwachen aufzuraffen und antwortete mit einem wilden Flüstern: ›Ja, sie töten! Sie töten!‹
Irgendwie prägte sich mir der Eindruck eines scheinbar hilflosen alten Mannes ein, der tatsächlich über eine geheime Macht verfügt. Ich wob dieses Bild in die Erzählung ein und benutzte es Jahre später fast wortwörtlich kurz vor dem Ende einer anderen Geschichte, ›Der Süden‹...
Kipling-Kenner werden bemerken, daß mein Hintergrund größtenteils von ihm abgeschaut ist. Die Erwähnung von Nikal Seyn stammt aus *Kim*. Der Verrückte, der seine Finger zählt und die Bäume verhöhnt, stammt aus Kiplings Gedicht ›*Evarra and His Gods*‹. Der blumenbekränzte Jüngling kam mir, glaube ich, aus *From Sea to Sea*.
Leider muß ich feststellen, daß ›Der Mann auf der Schwelle‹ auch ein wenig eine Trick-Geschichte und ein Spiel mit der Zeit ist. Was erzählt wird, als ob es vor vielen Jahren geschehen sei, trägt sich tatsächlich gleichzeitig zu...«
Zum Spiel mit der Zeit sei angemerkt, daß ›Der Mann auf der Schwelle‹ zuerst am 20. April 1952 in der Zeitung *La Nación* erschien; ›Der Süden‹ findet sich (Jahre später!) in *Ficciones* (1944).

Der Gefangene

Erstmals erschienen in *El hacedor* 1960, übertragen von Karl August Horst und Gisbert Haefs. (Bui)

Das andere Duell

Erstmals erschienen in *El informe de Brodie* 1970, übertragen von Curt Meyer-Clason und Gisbert Haefs. (SuM)

Carlos Reyles, Romancier: uruguayischer Autor (1868–1938).

Die beiden Vaterländer: Argentinien und Uruguay. Die weiteren Vorgänge, die Kokarden etc., beziehen sich auf die Parteien bzw. Gruppen – die liberalen Colorados, »Rote«; die konservativen Blancos, »Weiße« –, deren Antagonismus Uruguay fast das gesamte 19. Jahrhundert hindurch in einem permanenten Bürgerkrieg hielt.

Manantiales: dort wurden am 17. 7. 1907 die revolutionären Truppen von Timoteo Aparicio durch die reguläre Armee des Präsidenten Lorenzo Batlle besiegt.

Cerro Largo: im Norden von Uruguay.

Truco: Kartenspiel.

Dreiunddreißig: siehe Anmerkungen über ›Das unerbittliche Gedächtnis‹.

Das Sandbuch
Erstmals erschienen in *El libro de arena* 1975, übertragen von Dieter E. Zimmer und Gisbert Haefs. (SuM)

Von der Strenge der Wissenschaft
Nach *El hacedor* (erstmals erschienen im Anhang der *Historia universal de la infamia*), übertragen von Karl August Horst und Gisbert Haefs. (Bui)

Photo: Isolde Ohlbaum

Jorge Luis Borges wurde 1899 in Buenos Aires geboren. Er begann früh zu schreiben – Essays, Gedichte, Erzählungen (den Roman hielt er für »eine Form, die zweifellos überholt werden wird«). Er unternahm viele Reisen und lernte Englisch, Französisch, Deutsch und Latein; zahlreiche Übersetzungen. Der Weltruhm erreichte ihn erst spät, 1961 mit dem ›Prix Formentor‹, den er gemeinsam mit Samuel Beckett erhielt. Borges starb 1986.

Lesen Sie weiter

Michelangelo Antonioni
Chronik einer Liebe, die es nie gab
34 Erzählungen des großen Filmregisseurs:
Unmögliche Portraits von der Liebe, unordentliche
Dreiecksgeschichten, erdachtes Glück und Unglück.
Aus dem Italienischen von Sigrid Vagt
SVLTO. Rotes Leinen. 160 Seiten mit Photos

Natalia Ginzburg
Das imaginäre Leben
Unveröffentlichte Texte über die Tapferkeit vor der Freundin
oder dem Freund: warum wir nicht so leben, wie wir träumen,
und warum wir trotzdem träumen müssen.
Aus dem Italienischen von Maja Pflug
SVLTO. Rotes Leinen. 128 Seiten

Spanische Liebesgeschichten
Die Liebe und die moderne Literatur in Spanien:
Geschichten über Don Juan in weiblicher, männlicher,
vor allem jedoch in moderner Verkleidung.
Herausgegeben von Heinrich v. Berenberg
SVLTO. Rotes Leinen. 144 Seiten

Leonardo Sciascia
Das weinfarbene Meer
Die besten Erzählungen des sizilianischen Autors, von
ihm selbst ausgewählt: Frauen, Kinder und Narren stören den
allgemeinen Landfrieden und die herkömmlichen Sitten.
Aus dem Italienischen von Sigrid Vagt
Quart*buch. Leinen. 160 Seiten*

Lotterie in Babylon
erschien 1997 als 68. *SVLTO*

4.–5. Tausend im April 2000

Einbandgestaltung von Groothuis & Consorten, unter Verwendung des Gemäldes *Die Kunst oder die Liebkosung der Sphinx* von Fernand Khnopff (Musées Royaux des Beaux-Arts, Brüssel). Frontispiz von Tullio Pericoli. Gesetzt aus der Borgis Janson von der Offizin Götz Gorissen, Berlin. Druck und Bindung durch Clausen & Bosse, Leck. Leinen von Herzog, Beimerstetten. Gedruckt auf chlor- und säurefreiem Papier.
Printed in Germany. Alle Rechte vorbehalten.
SVLTO ist patentgeschützt. ISBN 3 8031 1167 6